UNE SAISON AU

# ZOO



# SOS ANIMAUX en DANGER !

## Pour une corne magique

Sylvie de Mathuisieulx

LAROUSSE

Direction de la publication : Carine Girac-Marinier

Direction éditoriale : Julie Pelpel-Moulian

Direction artistique : Uli Meindl

Conception graphique : Sophie Rivoire

Fabrication : Axelle Hosten

Crédits :

© Shutterstock.com

© S. Cordier – Zoo de La Flèche : p. 156, 154, 159.

Avec l'aimable participation de France Télévisions, Banijay Productions France et du Zoo de La Flèche.



ISBN : 978-2-03-601613-2

Loi n°49-956 du 16 juillet 1949 sur les publications destinées à la jeunesse, modifiée n°2011-525 du 17 mai 2011

UNE SAISON AU

# ZOO

# SOS ANIMAUX en DANGER !

## Pour une corne magique

Sylvie de Mathuisieulx

LAROUSSE

# Une saison au zoo chez Larousse, c'est aussi :

## Des beaux livres

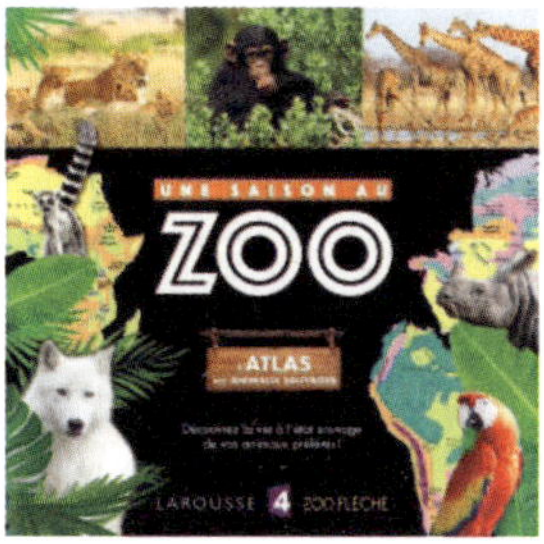

## Des escape games

## Des cahiers de vacances

# Sommaire

# MIEUX CONNAÎTRE POUR MIEUX PROTÉGER

Si les parcs zoologiques sont longtemps restés des espaces uniquement dédiés à la promenade et au divertissement, ils sont aujourd'hui devenus de véritables ambassades de la nature où l'on admire plus que jamais la beauté du monde animal ! Ce sont aussi des lieux où le public s'informe sur la cause animale et les dangers qui la menacent. Les parcs zoologiques sont ainsi devenus des acteurs majeurs de la préservation de la biodiversité et de la conservation des espèces animales.

## Les missions du zoo

Fondé en 1946, le Zoo de La Flèche est aujourd'hui considéré comme l'un des premiers parcs zoologiques français par son dynamisme, ses innovations et la qualité des environnements dédiés aux animaux. Chaque jour, les équipes s'efforcent de faire du zoo un magnifique espace de convivialité, de découverte, d'émerveillement et de sensibilisation aux enjeux de la conservation de la biodiversité.

Le zoo a quatre missions : l'**éducation** et **l'émerveillement** du public grâce aux présentations pédagogiques et aux animations qui enrichissent le quotidien des animaux, la **conservation** des espèces et la **recherche**.

Ces deux derniers points sont très importants car de nombreuses menaces pèsent aujourd'hui sur les animaux : dégradation de leur milieu naturel, déforestation, pollution, réduction de l'espace et des ressources alimentaires, chasse, braconnage et trafic. Plus que jamais, nous devons tous nous mobiliser pour protéger et conserver notre maison commune qu'est la Terre. Le zoo met ainsi en pratique sa devise : « Mieux connaître pour mieux protéger » !

## Qu'est-ce que la conservation ?

La conservation de la biodivesité est,avec l'éducation à l'environnement, la raison d'être des zoos. Elle se concrétise par la mise en place de programmes d'élevage au sein du parc et par des missions de soutien aux acteurs de terrain qui œuvrent à la préservation de la nature.

## Les programmes d'élevage

Le nombre d'espèces animales menacées d'extinction grandit de jour en jour. C'est pourquoi des programmes d'élevage et de conservation ont été créés en Europe : environ 440 parcs zoologiques européens permettent aujourd'hui de protéger plus de 400 espèces animales menacées.
Ces programmes favorisent la reproduction des animaux afin de maintenir des populations saines, de préserver les espèces et de leur offrir un avenir. Certains de ces animaux ont ainsi pu être réintroduits dans leur habitat naturel et quelques espèces, comme le tamarin lion doré, ont même été sauvées de l'extinction !
Depuis 1989, le Zoo de La Flèche participe à plus de 40 de ces programmes. Parmi les espèces les plus emblématiques, le zoo accueille des ours polaires, des tigres de Sumatra, des manchots de Humboldt, des guépards, des varis noir et blanc, des gibbons concolores, des éléphants d'Afrique, des pandas roux et bien d'autres encore... Plus de100 naissances ont lieu chaque année, dont une vingtaine parmi les espèces menacées !

### Cyril, vétérinaire au Zoo de La Flèche

Au zoo, mon rôle de vétérinaire est avant tout de garantir la bonne santé et le bien-être des animaux. Mais il ne s'arrête pas là : je partage aussi mes connaissances et je viens en appui auprès des personnes qui travaillent là où la nature est en danger. Ce que j'ai appris et ce que j'apprends au quotidien auprès des animaux du parc m'est très utile pour m'occuper d'animaux sauvages dans la nature ! Soigner un bonobo orphelin au Congo, endormir un phoque en Bretagne pour l'équiper d'un petit GPS qui nous permettra de suivre ses déplacements, ou partir à la rencontre de scientifiques qui protègent les gibbons au Laos, voici quelques-unes des actions que je peux mener grâce à mon travail. Je suis également un témoin. Sur place, je comprends mieux les difficultés et les enjeux auxquels doivent faire face les associations. De retour au zoo, je peux ainsi mettre en place les actions les plus appropriées pour leur venir en aide et témoigner de leur incroyable travail auprès de nos visiteurs.

# BIENVENUE AU ZOO !

## PAMPA

La pampa, c'est plus de 1 000 $m^2$ dédiés aux espèces habitant l'Amérique du Sud : on peut par exemple y rencontrer Shadow et Janosh, les tapirs, ou Novi, le grand fourmilier.

## ZONE AQUATIQUE

La zone aquatique est constituée d'un grand parc et de gigantesques bassins qui permettent d'admirer, en vision sous-marine, les otaries, les loutres et les manchots.

## ENCLOS DES ÉLÉPHANTS

C'est dans l'enclos des éléphants que vit paisiblement Boten, l'éléphant d'Afrique. Il évolue dans un décor de savane qui lui procure les végétaux et l'eau nécessaires à son bien-être.

## ENCLOS DES GIRAFES

L'enclos des girafes est une plongée au cœur de la savane africaine. Il abrite la famille d'Uzul, Dioni et Nyala.

## NOSY KOMBA

Ce domaine aux couleurs de Madagascar est le royaume d'oiseaux, de tortues et de lémuriens évoluant en liberté autour des visiteurs. La promesse de rencontres inoubliables !

## ENCLOS DES PANDAS ROUX

C'est dans cet enclos verdoyant qu'est nichée la cabane de Yang et Sangha, le couple de pandas roux. Ils se promènent tranquillement dans les arbres et se régalent de bambous.

## PLAINE ASIATIQUE

C'est sur 4 hectares d'une végétation luxuriante que Bys, Bali, les rhinocéros indiens, et leurs compagnons asiatiques ont élu domicile.

## SECTEUR DES OISEAUX

Le secteur des oiseaux rassemble de nombreux oiseaux multicolores venus des quatre coins du monde, parmi lesquels de magnifiques rapaces et perroquets.

## ENCLOS DES OURS BRUNS

Très semblable à leur milieu naturel, l'enclos des grizzlis est un savant mélange de verdure, de roches et de cascades, pour le plus grand bonheur d'Ivan et Igor.

## COULISSES

Les coulisses du zoo renferment les secrets des soigneurs : préparation du nourrissage, notamment des aliments étonnants comme la glace à la viande, et confection de jeux et d'animations pour divertir les animaux.

## CLINIQUE VÉTÉRINAIRE

Agrandie et refaite complètement à neuf en 2018, la clinique vétérinaire est équipée du matériel « dernier cri ». Ici, Cyril et Margaux, les vétérinaires du zoo, font des analyses et des radios, soignent les petites blessures et réalisent des opérations plus sérieuses dans le bloc opératoire.

## ENCLOS DES FAUVES

Dans un magnifique décor naturel, les lions, les tigres et les panthères des grandes plaines africaines font régner la loi.

## ENCLOS DES PRIMATES

Ce secteur est le terrain de jeux d'une multitude de singes. Arbres, lianes, ponts en bois... Tout est fait pour laisser libre cours à leurs acrobaties.

# Avertissement

Chère lectrice, cher lecteur,

L'histoire que tu t'apprêtes à découvrir ne se déroule ni au zoo de La Flèche, ni dans un autre parc zoologique existant : il s'y passe bien trop de choses qui jamais ne se produiraient dans de tels environnement, où le respect des règles, de sécurité notamment, ne laisse guère de place à l'aventure… Bonne lecture !

# Prologue

L'homme semble plus âgé que sa compagne. Ses cheveux sont gris, et il a l'air un peu fatigué. Il est habillé d'un costume sombre ajusté, sur une chemise blanche dont le col est orné d'un foulard de soie bordeaux. Ses souliers noirs sont impeccablement cirés. Il tient une canne à pommeau doré à la main. La femme est grande et de constitution robuste, blonde, avec des yeux bleu clair très maquillés et des pommettes hautes. Elle porte une robe mauve, ornée de fleurs et serrée à la taille par une ceinture

dorée. Si elle n'est plus toute jeune non plus, elle semble étonnamment vive.
Ils ont passé une bonne partie de cette journée de samedi au parc zoologique.
Ils sont arrivés en milieu de matinée, pour se mêler à la foule. Elle l'a tout de suite entraîné dans les allées, et ils ont marché pendant un grand moment. Elle a admiré les pangolins, lui, les grizzlis. Personne n'a fait attention à eux. Nul n'a remarqué qu'au bout d'un moment, il a singulièrement ralenti le pas. Ils se sont alors tous deux installés sur un banc donnant sur l'enclos des lamas, mais sans cette fois accorder la moindre attention aux animaux. Dès qu'il s'est assoupi, elle s'est levée et un peu éloignée pour envoyer un texto. Après une dizaine de minutes, un jeune homme est venu la rejoindre. Accoudés à la rambarde, ils ont longuement discuté à voix basse, tous les deux. Le nouveau venu n'avait pas l'air tranquille. Tout en parlant, il surveillait l'homme endormi, mais aussi les alentours, jetant

des regards à gauche, à droite, les poings enfoncés dans les poches de sa veste de camouflage à capuche. Juste avant qu'il reparte, la femme a glissé quelque chose dans sa main, une grosse enveloppe, peut-être, et il a hoché la tête. Ensuite, il a disparu, et elle est retournée s'asseoir près du monsieur, toujours assoupi.

À midi, le couple a déjeuné, au restaurant, d'une salade composée accompagnée d'un verre de vin. Après le café, ils sont allés manger une glace, face à l'enclos des rhinocéros indiens.

Ces grosses bêtes sont tout à fait étonnantes. Sur leurs pattes plutôt courtes, malgré leur masse imposante et leur poids qui dépasse largement les deux tonnes, elles peuvent courir à une vitesse de quarante kilomètres à l'heure. Contrairement à leurs cousins africains qui en possèdent deux, ces pachydermes n'ont qu'une corne sur le nez. Elle mesure entre vingt et soixante centimètres de long, et peut peser jusqu'à trois kilos. Exactement comme les ongles et les cheveux des humains, elle est composée d'une substance appelée kératine. Certains lui prêtent des propriétés médicales, et même magiques.

L'après-midi avançant, les deux visiteurs sont restés longtemps immobiles, sans parler, à admirer la puissance des animaux cuirassés. Parfois, d'un doigt distrait, la femme caressait l'imposante bague blanche qu'elle portait à son auriculaire droit.

# Chapitre 1

## Pleins de bonnes intentions

– Les ours polaires ? Les ours polaires ! Et pourquoi tu as choisi les ours polaires, tu peux m'expliquer ? *Tout le monde* sait déjà absolument *tout* sur les ours polaires !

Quelle poisse. Et quelle mauvaise foi.

Arthur a posé le bout de son index sur le bout de mon nez. Il appuie dessus au rythme des mots qui sortent de sa bouche. Il a vraiment l'air remonté comme un coucou suisse. D'un côté, c'est vrai, j'aurais peut-être dû le consulter, et ne pas décider toute seule dans mon coin du sujet de l'article que nous nous sommes tous les deux engagés à écrire ce week-end...

... Mais attention, là, je crois que je vais un peu trop vite ! Il vaudrait sans doute mieux commencer par le commencement.

Voilà : je m'appelle Léonie, et je suis depuis peu devenue Occitane. C'est à dire qu'il y a un mois, mon père a été muté à Toulouse. Du coup, on a quitté notre Alsace chérie pour s'installer en Haute-Garonne, à Bonconseil L'Escaladeuse, très exactement, mes parents, mon mini-frérot Arnault et moi. Au début, j'étais moyennement contente, mais aujourd'hui, la seule chose que je regrette, c'est de ne plus pouvoir débarquer chez GrandMa ou tante Odile dès que l'envie m'en prend (encore heureux qu'on puisse se parler en visio). Bref. Le jour même de notre arrivée, j'ai rencontré ce garçon, qui habite la maison juste à côté de chez nous. On s'est tout de suite hyper bien entendus. Si certains ricanent en disant qu'on est copains comme cochons, nous, on a officiellement annoncé qu'on était voisamis – ou amisins, d'ailleurs, puisque, après tout, c'est exactement la même chose.

Bon, je dois avouer que pour l'instant, mon voisin Arthur n'est pas franchement amical : il semble même de plus en plus énervé. Il fait sa tête de mule. Il martèle :

– Je-t'a-vais-pour-tant-dit-que-je-vou-lais-qu'on-par-le-des-pa-res-seux-à-deux-doigts !

Oui, il me l'avait dit, et répété, et plutôt trois fois qu'une. Mais moi, je n'avais pas du tout envie de travailler là-dessus. Comprenons-nous bien : je n'ai rien contre les paresseux à deux doigts. Les paresseux à deux doigts ne m'ont rien fait. Ils ont une bonne tête, même s'il faut avouer qu'ils ont l'air un peu ahuris, suspendus à leur branche, avec leur coupe de vieux hippies baba-cools et leur gentil sourire jusque derrière les oreilles. Vraiment, je le jure, j'aime les paresseux à deux doigts. Mais enfin, comment pourrait-on réussir à passionner tous les lecteurs de *MagaCol*, le magazine du collège, en parlant de bêtes qui passent leur vie la tête en bas, qui ont deux de tension et donnent l'impression de se déplacer à l'allure de trois centimètres par heure ? J'aurais accepté sans sourcillier absolument n'importe quels autres pensionnaires du parc, tiens, au hasard : les lophophores resplendissants, les sakis à face blanche, les dendrocygnes veufs et même les agoutis d'Azara. Mais là, franchement, je...

– Grrrrrr.

Je sursaute. Est-ce que ce grognement a été émis par la gorge d'Arthur ? Si c'est le cas, la situation est plus inquiétante que je le croyais. Je jette un œil vers lui... mais non. Il a rangé son index, en même temps que le reste de sa main, dans la poche de sa

veste en toile. Il ne dit plus rien. Il me considère juste d'un air boudeur.
Comme à chaque fois que je le regarde, je me dis qu'il est plutôt beau gosse. Bon, d'accord, un peu maigrichon, peut-être, mais il a des cheveux châtains extraordinaires et les yeux gris les plus magnifiques que je n'ai jamais vus, avec de looongs cils comme s'il avait passé trois heures à mettre du mascara dessus. Son nez est tout droit, pas trop large, ni trop pointu, sa bouche, bien dessinée. Pour être tout à fait honnête, il n'y a que ses oreilles qui ne sont pas terribles, mais il doit bien s'en être rendu compte tout seul, puisqu'il a adopté une coupe qui les cache. Parfois, je...

– Grrrrrrrr !

Ça recommence.
Aucun animal du parc zoologique ne peut grogner ainsi. Cela réussit à être à la fois un peu ridicule et très menaçant. Quelque chose entre la crécelle, la roulette du dentiste et le bébé fauve bien enrhumé.

Je fronce les sourcils, regarde autour de nous... D'accord ! J'ai compris ! Le grondement vient d'une toute petite saucisse à pattes, attachée au bout d'une toute petite laisse, tenue par une très grosse dame en tailleur rose bonbon. L'animal me regarde d'un œil mauvais, comme si je venais d'essayer de lui piquer son écuelle de croquettes, parfum bœuf bourguignon. La vérité, c'est que je l'ai peut-être seulement un tout petit peu peu bousculé, en reculant.

Arthur l'a remarqué, lui aussi. Il ricane :

– Tu vois, cet adorable teckel nain est bien d'accord avec moi : tu es un monstre.

Je ne peux pas m'empêcher de sourire : mon voisami connaît mon rêve de devenir vétérinaire. Il connaît tout aussi bien mon vrai problème d'allergie aux petits chien-chiens à leur mémère. (Je sais, c'est mal. Mais c'est plus fort que moi : ils m'énervent !) C'est même devenu une blague entre nous. Il ne rate jamais une occasion de m'asticoter à ce sujet.

Ce n'est pas ma faute, mais moi, franchement, ce que j'aime, c'est voir les choses en grand. D'abord, j'avais imaginé m'occuper de vaches dans de belles fermes bio à la campagne, ou de chevaux dans des chouettes centres équestres... mais depuis qu'on habite à deux pas du zoo de Bonconseil-L'Escaladeuse, je ne rêve plus que de soigner des angines de girafes, des otites d'éléphants et des conjonctivites de loris, ces incroyables petits primates asiatiques aux yeux globuleux.

Avec les siens, l'imposante dame en rose me lance un vrai regard de vipère. Elle se baisse pour prendre son toutou chéri dans ses bras et s'éloigne, l'air pincé, en grommelant, juste assez fort pour que je puisse l'entendre :

– Tu as eu peur, hein, ma Woofiedoo-doodelydoo. Mais c'est fini. Cette vilaine grosse brute ne te fera plus de mal. Ou bien je t'assure qu'elle aura affaire à moi. Viens, on va aller retrouver Archie-baby-boy.

Moi. Une « vilaine grosse brute ». Alors que je suis un être doux et bienveillant. Je hausse les épaules : il est temps de revenir à ce pour quoi nous sommes venus, c'est-à-dire notre futur article.

Je regarde Arthur droit dans les yeux, respire un grand coup et lance :

– De toute façon, c'est trop tard pour changer quoi que ce soit : la rédac' chef a trouvé que le sujet des ours polaires était super-génial, alors, au boulot. Si tu veux, pour me faire pardonner, je relirai la partie de texte que tu auras rédigée avant qu'on la lui remette.

J'ai dégainé là ma botte favorite : Arthur est beaucoup, beaucoup plus doué en maths qu'en français. Il se gratte le nez, l'air pensif.

– Tu corrigeras mes fautes de conjugaison ?
– Je corrigerai tes fautes de conjugaison.
– Tu corrigeras mes fautes d'accords ?

– Je corrigerai tes fautes d'accords.

– Et toutes les autres aussi ?

– Et toutes les autres aussi.

Ça y est : il me sourit. Ce qui est bien, avec lui, c'est qu'on ne se fâche jamais longtemps. Je lui donne une petite tape sur l'épaule.

– Allons-y. On commence par essayer de prendre quelques photos ? Ou même, de tourner une vidéo, tiens… ce serait vachement chouette, non ? On pourrait insérer un QR code à la fin de notre texte, comme ça, les lecteurs n'auraient qu'à le flasher pour y avoir accès...

Il ouvre des yeux ronds.

– Euh... tu sais faire ça, toi ?

– Moi, non, mais le prof de techno qui s'occupe du site Internet du collège, oui. Il nous donnera sûrement un coup de main si on le lui demande gentiment. Et je te parie qu'il acceptera même d'héberger le fichier !

Mais ne mettons pas la charrue avant les bœufs ! Avant tout, l'idéal serait de réussir à attraper un soigneur, pour qu'il nous raconte quelques anecdotes inédites. Il faut que notre article soit vraiment... hors du commun ! Pas question de faire du copié-collé de wikisséssa !

– Évidemment.

Le téléphone d'Arthur se met à sonner, nous faisant sursauter tous les deux.

C'est Keren, sa grande sœur de quatorze ans. Cette fille est incroyable : aveugle depuis qu'elle est toute petite, elle vit pratiquement normalement, sans jamais se plaindre de son handicap. Elle est en troisième, mais dans un grand établissement, à Toulouse, pas dans le même collège que nous. Comme elle est sacrément douée pour les langues étrangères, elle rêve de devenir interprète ou traductrice, plus tard.

Hier, quand elle a appris qu'on allait passer notre samedi après-midi au parc zoologique, elle nous a demandé si on accepterait qu'elle nous accompagne. Elle a ajouté d'un ton joyeux que pour une fois, elle avait le temps de venir avec nous, et que ça lui rappellerait son enfance...

Dès qu'on est arrivés, elle nous a annoncé qu'elle voulait absolument commencer par s'installer un peu sur un banc, près de la volière géante, pour écouter le chant des rossignols du Japon. Je lui ai proposé de l'y conduire, mais elle a secoué la tête en riant :

– Ha ha ha ! Qu'est-ce que tu crois ? Pas besoin. Même si ça fait assez longtemps que je ne suis pas venue ici, je me souviens parfaitement bien du parcours ! Je crois bien que la carte de cet endroit est gravée dans ma tête pour le restant de ma vie ! Allez, à tout à l'heure, les jeunes, travaillez bien !

Et puis elle s'est éloignée sur le chemin, et effectivement, elle semblait à l'aise comme un poisson dans l'eau. Tout en marchant vers le secteur des ours polaires, Arthur m'a raconté que, quand il était petit, à chaque fois qu'il allait à son entraînement de judo ou bien qu'il participait à une compétition, l'un de ses parents l'accompagnait, laissant l'autre s'occuper de sa sœur... qui réussissait systématiquement, quelles que soient la saison et le temps qu'il faisait, à passer la journée ici même, au zoo.

Maintenant, mon voisami sautille vaguement sur place, son téléphone collé à son oreille. De temps en temps, il essaye de commencer une phrase : « D'accord, mais on va... » ou « Est-ce que tu crois que... », mais il n'arrive jamais à ajouter grand-chose d'autre. C'est normal, parce que Keren est bavarde comme une pie. Quand il raccroche, il rouspète :

– Elle exagère, quand même. Imagine-toi qu'à peine arrivée devant la volière, elle a rencontré un garçon d'origine espagnole, qu'ils ont sympathisé et qu'il veut lui offrir un pot. Elle voudrait bien lui demander s'il y a une différence dans la manière de prononcer le *tilde* selon qu'on est né en Galice, en Catalogne ou en Andalousie... Elle appelait pour nous prévenir de ne pas nous inquiéter, qu'on se retrouverait juste après.

*Diable*, comme dirait GrandMa. Sans le vouloir, je fais la grimace.

– Personne ne lui a jamais dit, à ta sœur, qu'il ne fallait pas suivre les inconnus ? Que ça pouvait être drôlement dangereux ?

Mon amisin écarte les mains, en signe d'impuissance.

– Évidemment que si. Mais comme toujours, elle n'en fait qu'à sa tête.

– Hum.

Il est vrai que Keren a une forte personnalité, et que personne, jamais ne réussit à lui faire faire ce qu'elle n'a pas envie de faire, ou à l'empêcher de faire ce qu'elle a décidé de faire. Son frère continue :

– Figure-toi qu'elle est persuadée d'avoir un don spécial : une espèce de sixième sens qui lui permet de savoir si on peut faire confiance ou non à quelqu'un. Elle a essayé de me l'expliquer, un jour. Ça a quelque chose à voir avec la voix et la façon de parler des gens : timbre, intonation, rythme de la parole, mais aussi avec tout un tas d'autres choses beaucoup plus subtiles...
– Et, euh... ça marche ?
– Il faut croire. À ma connaissance, elle ne s'est jamais trompée. Et même, une fois, elle nous a tous complètement bluffés, à la maison...
– Comment ça ?
– Ça remonte à l'année dernière. Elle était à Toulouse, en route pour son cours de

russe, tranquillou, avec sa canne blanche. Il faisait beau, elle était à l'heure, elle attendait gentiment le bus, bref, tout allait bien.

– Et alors ?

– Alors, tout à coup, elle a senti quelqu'un l'attraper par le bras. C'était un homme, qu'elle a perçu comme plutôt jeune et plutôt grand. Il lui a proposé de l'aider à monter dans le bus qui venait d'arriver. Déjà, elle a trouvé son geste très intrusif, presque agressif... c'est vrai, quoi... elle n'avait rien demandé à personne !

Je fronce le nez et secoue la tête.

– Ben... euh... excuse-moi, mais il me semble bien qu'à la base, c'était carrément gentil, comme démarche... et qu'il n'y avait pas de quoi se vexer ! Moi, je...

Il soupire d'un air un peu agacé et je sens que je ferais mieux de me taire pour l'écouter. Il continue :

– D'accord, si tu veux, disons que ça aurait pu être sympa, et seulement maladroit. Mais attends la suite. Son intuition lui avait hurlé à l'oreille que le gars était carrément louche. Alors, elle l'a repoussé en lui disant non merci, et puis elle est allée s'asseoir sur une banquette. Et même, à la place la plus éloignée possible de lui...

Arthur se tait un instant, pour ménager un petit suspens. Je lui donne un coup de coude.

– D'accord. Et après ?

– Eh bien... figure-toi que, cinq minutes plus tard, le type redescendait du bus avec le portefeuille de trois voyageurs... Ta daaaaam !!!

Je suis complètement scotchée.

– Punaise ! Mais, euh, on est sûrs que c'était lui ?

– Certains ! Parce que personne d'autre n'était sorti à cet arrêt. En rentrant à la maison,

> le soir, Keren a annoncé que si jamais la police l'appelait pour lui faire écouter les voix d'éventuels suspects, elle pourrait sans aucun doute reconnaître celle du gars... Évidemment, ça n'est jamais arrivé. Je ne sais même pas si le voleur a été arrêté ! En tout cas, depuis, quand elle dit qu'elle peut percevoir la vraie nature les gens, moi, je la crois.

Nous avons discuté tout en marchant, et nous voilà presque arrivés devant le secteur des ours polaires. Je sais que, pour un parc zoologique, ce n'est pas facile d'offrir un environnement satisfaisant à des animaux qui vivent une bonne partie de l'année sur la banquise... Déjà, il faut leur éviter de souffrir de la chaleur, en leur permettant d'avoir toujours accès à leur loge et à d'autres endroits où il fait frais...

L'enclos que nous venons d'atteindre est tout à fait exceptionnel : d'un côté, une rambarde permet aux visiteurs de les regarder évoluer dans une grande fosse bien ombragée. Si on contourne celle-ci, un escalier mène à une pièce souterraine, dans laquelle une immense vitre donne sur leur bassin, profond de trois mètres. C'est formidable de voir ces énormes bêtes nager et plonger aussi gracieusement... on dirait qu'ils sont encore plus à l'aise dans l'eau que sur le plancher des vaches...

Bon, je dois bien avouer qu'Arthur n'a pas tout à fait tort, quand il dit que ce n'est pas un sujet d'article tellement original, mais j'ai tellement envie d'en parler ! Parce que, à cause du réchauffement climatique, ces animaux qui n'ont absolument aucun prédateur dans la nature sont vraiment en danger. Il faut alerter le plus de monde possible sur leur sort et trouver un moyen de les protéger, sinon, ils vont finir par disparaître...

Mon voisami jette un œil à sa montre. Je me dis que d'ici une petite heure, on pourra appeler Maman,

qui a promis de venir nous chercher, rentrer chez nous, et commencer à rédiger notre texte...
Mais à vrai dire, nous nous rendons vite compte que les choses ne se présentent pas du tout comme on les avait imaginées.

# Chapitre 2

## Des projets contrariés

Dans la fosse, pas trace du moindre ours blanc. Seuls deux soigneurs en veste verte sont visibles : une femme et un homme, trop éloignés pour qu'on puisse distinguer leur visage. Ils sont tous deux concentrés sur leur travail, qui consiste à nettoyer le vaste territoire des plantigrades.

– C'est bien notre veine, souffle Arthur. Pas pratique du tout, ça, pour les photos qu'on voulait prendre : on arrive juste au moment où nos modèles sont consignés dans leur chambre pendant le grand ménage...

Je hoche la tête. Depuis que nous avons vécu toute une journée avec des soigneurs, nous savons bien que c'est toujours ainsi qu'on procède, dans un zoo, surtout avec de grosses bêtes qui peuvent être dangereuses.

Ce n'est pas parce qu'elles vivent en captivité et qu'elles se sont habituées à la présence des hommes qu'elles sont devenues inoffensives. Avant de pouvoir remettre un peu d'ordre sur leur terrain de jeux, il faut les amener à rentrer dans leur loge, où on les confinera le temps nécessaire. De cette façon, le personnel peut travailler en paix : il ne risque rien.

En général, un simple appel suffit à les faire rentrer, parce que la voix des humains qui s'occupent d'elles est associée à un nourrissage. Mais si par hasard ce n'est un jour pas le cas, et que les animaux ne veulent pas regagner leur loge, un petit chemin de friandises soigneusement disposées permettra de les conduire exactement là où on veut qu'ils aillent ! Apparemment, ça marche à tous les coups : ils n'ont pas le temps de dire ouf que paf, ils sont tombés dans le panneau.

Je me suis plusieurs fois demandé si ce stratagème fonctionnerait aussi avec Arnault, mon petit frère de quatre ans. Un jour, il faudra quand même que j'essaye. La prochaine fois qu'il squattera dans ma chambre alors que je veux être tranquille, je sèmerai tous les cinquante centimètres des petites gourdes de compote de pommes – son péché mignon – et des bonbons au miel des Vosges sur le trajet jusqu'à la sienne !

Mon amisin soupire.

– Du coup, qu'est-ce qu'on fait ? Dis-donc, tu ne voudrais pas qu'on aille quand même... dire un petit bonjour à nos amis les paresseux ? Hum ?

Patiemment, je lui explique :

– Mais non. Écoute, c'est super intéressant de savoir comment on s'y prend, pour nettoyer un enclos… On pourrait très bien expliquer ça, dans notre article…

Apparemment, cela ne lui semble pas si génial que ça. Il plisse les yeux en se mordillant la lèvre inférieure. Quand il fait cette tête, je me méfie. Je sais qu'il a de temps en temps l'impression que c'est moi qui décide toujours de tout, et qu'il n'a plus qu'à plus me suivre comme un gentil petit toutou obéissant. Bien sûr, c'est très exagéré… mais ce n'est pas le moment de le bousculer. Ce n'est pas parce que parfois je réfléchis un tout petit peu plus vite que lui que je ne dois pas ménager son amour propre. Je reste donc silencieuse, un sourire angélique aux lèvres.

Au bout d'un moment, il grogne :

– Bon, pourquoi pas, en fait, c'est peut-être une bonne idée.

Pas question de montrer trop de satisfaction. Alors, je lui réponds juste gentiment :

– Mais oui, j'en suis certaine. La plupart de nos futurs lecteurs croient sans doute que les pensionnaires du parc sont parfaitement apprivoisés. Il faudra leur expliquer que pas du tout, au contraire ! Que tout le monde prend même bien soin de ne pas être trop familier avec les bêtes sauvages, pour ne pas qu'elles perdent leur instinct. Ce n'est pas parce qu'elles habitent le parc qu'on doit essayer de les transformer en animaux domestiques…

Il sourit enfin franchement. Écartant les mains et penchant un peu la tête, il reprend :

– C'est un vrai sujet, ça, tu as raison.

Il s'est approché de moi pour plonger ses yeux dans les miens.

– Il y a bien là des trucs à expliquer, et même sûrement à discuter… Parce que l'amitié entre un humain et un animal, quand même, c'est génial aussi, hein ?

– Oui, tu as raison.

– ... Par exemple, tiens, prends un chien, qui habite dans une maison, avec des humains, ils sont vraiment copains ! C'est même carrément sa famille non ?

– Si.

– Eh bien, personne n'aurait l'idée de dire que l'animal doit pouvoir partir recommencer sa vie loin de ses maîtres. Qu'il doit savoir chasser des proies pour vivre, parce que plus aucun être humain ne lui donnerait de croquettes ni de pâtée à manger...

– Tu as raison.

– Bien sûr, on ne peut pas comparer les chiens et les ours polaires. Mais certains apprivoisent bien des animaux sauvages en pleine nature, alors... où est-ce qu'il faudrait placer la frontière ?

Je suis drôlement impressionnée par son raisonnement. Mais soudain, je pense à Malow, l'animal de compagnie de GrandMa.

– D'un autre côté, les chats continuent bien à chasser des souris et des oiseaux, même si on les nourrit... c'est un sacré bazar, quand on y pense...

Arthur éclate tout à coups de rire.

– Hééé, et si on lançait un débat ? Mais oui, c'est ça ! Un débat, pour nos lecteurs ! Et aussi entre les lecteurs ! Ils pourraient tous s'exprimer librement sur la question...

Je l'adore, ce garçon. Un jour, je lui demanderai de m'épouser. Mais pas tout de suite.

Je soupire d'aise.

– Génial, tu es génial, mais ça, je le savais déjà.

Soit il est trop modeste pour relever, soit il est tellement concentré sur le fil de sa pensée qu'il ne m'a même pas entendue. Il poursuit :

– … et si....

– … si… ?

– Si on proposait carrément une rubrique au *MagaCol* ? Si tous les mois, on lançait une nouvelle idée, et qu'à chaque fois, on laissait les gens dire ce qu'ils en pensent ? Ce serait drôlement intéressant…

– Peut-être trop. Ça nous prendrait un temps fou de gérer ça, et puis de trouver chaque mois un sujet à publier dans le numéro suivant…

Là, je suis coincée. Dommage, parce que c'était vraiment un… mon voisami claque soudain des doigts et s'exclame :

– Mais on pourrait peut-être ouvrir une espèce de petit forum dédié quelque part, sur le site Internet du collège, par exemple ! On pourra parler de tas de trucs ! Rien qu'avec les raisons qui expliquent que tellement d'espèces soient en danger d'extinction, il y aurait de quoi faire... par exemple, cette folie qui prête à des organes d'animaux des propriétés médicales saugrenues... tu sais que selon de vieilles croyances asiatiques, la bile d'ours est supposée guérir des maladies du foie ?

– Oui, et les griffes ou les dents de tigre, aideraient à lutter contre la fièvre... C'est dingue... et complètement idiot, parce que ça ne marche évidemment pas, des études scientifiques l'ont prouvé.

En tout cas, plein de gens se sentent concernés par la cause des animaux, maintenant, et heureusement... Mon grand-père paternel, qui vit dans le nord, passe son temps à grogner que la planète est fichue, qu'on va tous mourir noyés après la fonte des glaces ou avec des masques à gaz sur le nez... Il m'énerve.

Je suis sûre que ce n'est pas trop tard pour réagir. Notre génération réussira à sauver le monde ! Mais on s'éloigne un peu beaucoup de notre sujet. Je reprends.

– Bon, OK, tout ça est vraiment super, mais revenons à nos moutons : l'article qu'on doit écrire. Dans *MagaCol*, il faudra quand même bien insister sur le fait que c'est important de ne pas trop faire ami-ami avec les bêtes. Parce qu'il y a de très bonnes raisons à cela. Les animaux captifs – surtout s'ils font partie des espèces menacées de disparition – seront peut-être un jour relâchés dans la nature. Il faudra absolument qu'à ce moment là, ils se souviennent comment se débrouiller tout seuls, sinon, ils ne pourront jamais vivre sans les humains... ni repeupler leur monde ! Il faudra absolument dire ça...

– Tu as raison. Je parie que pas un seul de nos lecteurs n'y a jamais pensé.

– Cool.

Il soupire.

Le jeune homme et la jeune femme dans la fosse se sont rapprochés de nous. Ils ont déjà nettoyé au jet les grands rochers sur lesquels les deux ours peuvent grimper. Ils ont aussi ratissé le sol des zones de terre meuble ou de sable pour l'aérer.

Ils s'activent maintenant sous nos yeux. Le premier ramasse les feuilles et les brindilles au pied des arbres et s'occupe des plantes. La seconde va cueillir, avec une grande pelle, les énormes crottes des bêtes, pour les jeter ensuite dans un bac en plastique. Arthur fronce le nez.

– Au sujet de l'entretien des enclos, il faudra bien expliquer la façon dont on doit s'y prendre ! Ceux qui ont un chat savent qu'il faut lui donner à manger et changer sa litière ! Mais là, on ne joue carrément pas dans la même catégorie… Y'a pas à dire, la litière d'un chat, c'est quand même moins...

– Ouiiiii, mais enfin, on n'a rien sans rien... Regarde : ils ont presque fini la partie « ménage ». Maintenant, logiquement, ils vont commencer à préparer l'« enrichissement » !

Il acquiesce.

– Ah, oui...

L'enrichissement, c'est un truc hyper bien vu permettant à la fois aux animaux de s'amuser et aux gens qui s'en occupent de vérifier qu'ils vont bien. Comme l'un des principaux intérêts des bêtes est quand même et toujours la nourriture, on se sert, encore une fois, de leurs gourmandises préférées ! Il s'agit d'en déposer un peu par ici et un peu aussi par là... dans des endroits soigneusement choisis. Par exemple, étaler une petite couche de pâtée sur des branches d'arbres donnera envie aux ours de se dresser sur leurs pattes postérieures pour l'atteindre. Bingo ! Ça les occupe, ça leur fait faire un peu d'exercice, et le soigneur en charge vérifie au passage si leurs mouvements sont bien fluides et qu'ils n'ont mal nulle part. Quand un problème est détecté, hop, on le signale au vétérinaire.

– Bien sûr, poursuit mon voisami, avec un demi-sourire : tu as raison, il faudra expliquer ça aussi… Mais à ce rythme, on n'aura jamais assez de place pour parler des ours blancs dans ce numéro.

Les soigneurs, qui ont fini de tout nettoyer, sont maintenant tout près. Si le visage de la jeune femme m'est familier, je ne reconnais pas du tout son camarade.

Nous les regardons poursuivre leur travail. Ils réfléchissent tout haut aux meilleurs endroits à exploiter pour déposer les provisions qu'ils ont apportées. Quand ils ont terminé, ils se dirigent vers la sortie de l'enclos. Selon la procédure à suivre, ils vont actionner le mécanisme qui ouvrira la porte des loges des ours pour leur permettre de regagner l'air libre, puis préviendront le collègue coordonnateur qu'ils sont sortis du secteur à risques.

– Bon, se réjouit Arthur, on va sans doute pouvoir prendre nos photos, maintenant !

Mais il pousse un gémissement quand il découvre que la batterie de son smartphone est de nouveau presque vide. C'est le vieil appareil de sa mère, qui le lui a donné quand elle a acheté un modèle plus récent. Il se décharge toujours très vite, et même, parfois, d'un coup, comme ça, sans prévenir. Ça nous a déjà joué des tours...

Il ronchonne :

– Avec 5 % de réserve, on n'ira pas loin, surtout si on veut tourner une vidéo... Allons vite retrouver Keren : je lui ai demandé de garder ma batterie de secours dans son sac !

Mais au lieu de lui répondre, j'attrape le coude de mon amisin.

– Viens, on va plutôt profiter, tant qu'on est là, pour essayer de voir ces soigneurs, à la sortie. Si on les accompagne un petit bout de chemin, cela ne les retardera pas trop dans leur travail de nous donner un scoop ou de nous raconter un ou deux trucs un peu étonnants.

Je sais exactement où il faut les attendre, et comme ils ont besoin de quelques minutes pour ranger leur matériel, nous y sommes avant eux.

Quand ils sortent de l'enclos, la jeune femme nous sourit. Elle lance :

– Ah, je vous reconnais, vous ! Vous allez bien ?

Et puis elle se tourne vers son compagnon pour lui expliquer brièvement pourquoi Arthur et moi sommes connus ici... comme le loup blanc ! L'autre, apparemment impressionné, lève les sourcils en nous regardant. Il nous dit qu'il s'appelle Yannick, avant de nous serrer cérémonieusement la main en nous félicitant. Ensuite, nous leur emboîtons le pas. Comme nous leur expliquons notre projet et l'aide que nous attendons d'eux, la jeune femme dit :

– Les ours polaires sont des animaux hyper intelligents : dans leur habitat naturel, ils sont capables de développer des stratégies très compliquées pour chasser les phoques... C'est pourquoi ils ont besoin d'être sans cesse stimulés intellectuellement ! S'ils s'ennuient, ils deviennent très malheureux et dépérissent rapidement. Nous cherchons toujours à apporter de quoi les occuper... L'autre jour, j'ai vu que l'équipe de l'un des restaurants allait jeter du vieux mobilier de terrasse. Ça m'a donné une idée : j'ai récupéré un pied de parasol... pour l'apporter dans l'enclos. Les ours ont passé trois heures à jouer avec ! D'abord sur la terre ferme, en le poussant de la patte, en le faisant rouler, et puis, ensuite, dans l'eau ! Quand ils se sont rendu compte que ce gros jouet flottait, ils s'en sont vraiment donné à cœur joie !

Je me dis que oui, cela devait être un drôle de spectacle... Quand sa collègue a fini de parler, le jeune homme se tourne vers Arthur.

– Si vous voulez, moi aussi, j'ai quelques infos à vous donner, pour votre article.

Pour commencer, il nous apprend qu'en raison du temps qu'il passe dans l'eau, l'ours polaire est considéré comme un animal… marin ! Puis il nous révèle que sous son pelage blanc, il a la peau noire, ce qui lui permet de mieux absorber la chaleur du soleil. Ensuite, il nous explique qu'au fil du temps, son système digestif s'est parfaitement adapté à la nourriture disponible dans son environnement. Il digère sans problème la viande de phoque ou de morse et bien sûr le poisson, mais contrairement à ses cousins vivant en milieu tempéré, comme les grizzlis, il ne mange presque jamais de fruits ni d'autres végétaux quand il vit en liberté.

– C'est logique, mais en fait, je n'y avais jamais pensé, commente mon voisami. D'ailleurs, si on réfléchit, ça doit être pareil pour nous, les humains. Dire que mon père fait un scandale si je ne termine pas les légumes qui sont dans mon assiette !

J'éclate de rire.

– La prochaine fois, tu n'auras qu'à lui dire que pendant des siècles, tous les Inuits ont vécu en mangeant exactement les mêmes aliments que... les ours polaires ! Jamais, jamais d'épinards !

– Ni de haricots avec des fils !

– Ni de choux de Bruxelles !

Nous apprenons aussi que la première chose que font ces terribles prédateurs, après avoir tué un phoque, c'est de se régaler... de l'épaisse couche de graisse accumulée sous sa peau. Et, enfin, que des scientifiques ont un jour suivi le parcours de l'un d'eux – une femelle – qui a nagé pendant neuf jours sans interruption, couvrant une distance de 685 kilomètres !

Quand nous quittons les soigneurs, qui arrivent au prochain enclos dont ils doivent s'occuper, j'ai un peu la tête qui tourne. On nous a donné tellement d'informations d'un coup ! Je sors mon petit carnet de mon sac pour les noter avant d'en oublier la moitié. Quand j'ai fini, Arthur se retourne vers moi, la main sur le cœur. Il s'incline un peu en disant :

– Léonie, pardon de t'avoir critiquée, tu avais raison, cent et mille fois raison. On va faire un article du tonnerre sur le sujet des ours polaires.

Je jubile intérieurement, mais réussis à garder le triomphe modeste. Ce n'est pas facile, parce que je brûle d'envie de souligner qu'effectivement, ce n'est pas un paresseux à deux doigts qui nagerait neuf jours d'affilée dans de l'eau glacée... mais je n'ose pas dire à

Arthur que j'avais aussi choisi de parler des ours parce que, justement, c'est la signification de son prénom...
Il s'est déjà éloigné et je lui emboîte le pas. Nous devons maintenant aller retrouver Keren : cela fait plus d'une heure que nous nous sommes séparés !

# Chapitre 3

## Où est passée Keren ?

– Est-ce qu'elle t'a dit où elle allait s'installer, avec son nouvel ami, ta sœur ?

– Non. Mais il n'y a pas non plus cinquante endroits possibles pour prendre un pot, par ici. Ils sont tous regroupés sur un tout petit secteur : on n'a qu'à faire preuve de méthode et les visiter l'un après l'autre !

En quelques minutes, nous voilà sur place. Mais après avoir successivement tenté le grand snack, la pizzeria et même le restaurant très chic, nous sommes toujours bredouilles.

– Eh bien, il ne me reste plus qu'à l'appeler, soupire Arthur, en dégainant son téléphone.

Mais évidemment, entre-temps, la batterie a complètement fini de se décharger.

Je me sens terriblement coupable d'avoir laissé Keren si longtemps, surtout avec un inconnu. Ma voix s'étrangle dans ma gorge.

– Pourvu qu'il ne lui soit rien arrivé !

Arthur est beaucoup plus détendu.

– T'inquiète. Tu sais que ma sœur se débrouille très bien toute seule. En plus, regarde : il y a plein de monde partout. Si elle avait eu le moindre problème, elle n'aurait eu qu'à appeler à l'aide, et quelqu'un serait tout de suite venu à son secours !

Je ne réponds rien. Je ne veux pas penser à ce que m'a un jour raconté GrandMa : elle s'était fait attaquer par trois espèces de kékés, à un arrêt de tram. Heureusement, elle avait eu le réflexe de pousser des cris sauvages tout en donnant de grands coups de sac à main sur la tête du plus agressif de ses agresseurs. Ça n'avait eu aucun effet sur les autres gens, mais les jeunes voyous avaient eu tellement peur qu'ils avaient décampé sans demander leur reste. Ce qui est triste, c'est que même si l'endroit était bondé, absolument personne n'avait levé le petit doigt pour l'aider : tout le monde était resté scotché à son téléphone ou les yeux fixés sur ses chaussures.

Je secoue la tête pour chasser cette idée et demande :

– Bon, alors, c'est quoi la suite du plan ?

– On retourne à la volière : c'est ce qui semble le plus logique...

Mais, là encore, on fait chou-blanc.

Je commence à me demander si nous ne devrions pas faire diffuser un appel dans des haut-parleurs, comme au supermarché. Évidemment, compte tenu du caractère de la disparue, il faudrait trouver quelque chose qui ménagerait sa susceptibilité. Peut-être : « Le petit Arthur attend sa grande sœur près de l'enclos des pandas ! »
Mon amisin me regarde, les sourcils soudain froncés. Je réalise que cette fois, on ne joue plus. Keren a beau être débrouillarde, il n'est pas impossible qu'il se soit passé quelque chose. C'est moi-même que je tente de rassurer en disant :

– Ça ne fait pas si longtemps que ton téléphone est déchargé... Si elle avait eu un souci, elle nous aurait appelés...
– Peut-être... En tout cas, là, on va vraiment essayer de la retrouver le plus vite possible. On pourrait aller chacun de notre côté, ça irait plus vite... à moins que...

Mais nous n'avons finalement pas besoin de nous séparer, ni même de continuer à nous faire du souci, puisque nous voyons tout à coup Keren se détacher, un peu plus loin, d'un groupe de visiteurs pour se diriger sans hésitation vers nous.

– Dites donc, pourquoi est-ce que vous braillez comme ça ? On doit vous entendre depuis l'autre bout du...

Arthur lui coupe la parole.

– Mais bon sang, où tu étais ? On s'est fait un sang d'encre !

Elle hausse les épaules, puis consulte sa montre tactile avant de répondre :

– Oh, ça va, hein !

Et puis, comme si de rien n'était, elle nous raconte qu'elle a passé un excellent moment avec Esteban, un jeune garçon espagnol qui a décidé de voyager un peu pour découvrir la France avant de commencer ses études supérieures.

– Dommage qu'il ait été si pressé : on n'a eu qu'un quart d'heure ! Il a dû partir, parce qu'il avait un rendez-vous, soupire Keren. Je serais bien restée discuter avec lui encore un peu, et lui aussi... Du coup, on a échangé nos numéros de téléphone !

Arthur hausse les sourcils.

– Un quart d'heure ? Mais alors, qu'est-ce que tu as fait, pendant si longtemps ? Tu devais bien te douter qu'on allait te chercher...

Le visage de sa sœur s'éclaire.

– Sur le chemin pour revenir à la volière, j'ai entendu des visiteurs parler dans des tas de langues différentes. Peut-être qu'un car de touristes venait d'arriver. Ou peut-être que j'étais seulement plus sensible à ça, à cause de la conversation que je venais d'avoir avec Esteban... mais en tout cas, j'ai complètement oublié qu'on devait se retrouver ! Je me suis amusée à écouter, à essayer de comprendre des phrases ou au moins des mots, par-ci par-là : anglais, allemand, italien... et puis tout à coup, il y a eu des gens qui parlaient... en russe ! Ça n'arrive pas si souvent, ça ! Tu penses bien que je n'allais pas laisser passer un coup de chance pareil !

– Évidemment.

– C'était une femme et un homme. Lui, il avait un drôle d'accent. Européen, certainement, mais pas français. Peut-être suisse. Ou bien belge... difficile à dire.

– Et alors ?

– Alors, j'ai essayé de les suivre discrètement, pour écouter ce qu'ils disaient ! Honnêtement, je n'ai pas compris grand-chose... À un moment, je crois que la femme promettait un truc à l'homme. C'est bizarre, sa façon de parler m'a intriguée. Comme si elle essayait de se maîtriser, ou comme si elle cachait quelque chose... Elle avait une voix de... je ne sais pas... de méchante qui fait semblant d'être gentille, voilà. Pour finir, alors qu'on s'approchait de l'enclos des rhinocéros, je les ai perdus dans la foule... Je n'ai pas réussi à les retrouver, alors, je me suis dit que j'allais vous rejoindre.

Je sens mon cœur se mettre à battre plus vite. Elle a parlé d'une vraie méchante, qui fait semblant d'être gentille... Si Arthur ne m'avait pas raconté, juste avant, cette histoire de voleur de portefeuille dans le bus, je n'aurais certainement pas fait attention, mais à ces mots... mon imagination s'emballe.

La vérité, c'est que j'ai un peu toujours l'impression d'être l'héroïne d'un film, à qui il arrive des aventures passionnantes, et là, on dirait bien que l'aventure, elle est au coin de l'allée... Pas question d'en parler aux deux autres : je suis sûre qu'ils se moqueraient de moi. Mais je me promets d'être super-attentive à ce qui se passe autour de nous.

Keren a pris le bras de son frère, qui n'est plus du tout fâché. Elle semble tout heureuse.

– Je suis tellement contente d'être venue avec vous... J'avais oublié à quel point j'adorais cet endroit, quand j'étais petite... rien d'étonnant, bien sûr ! C'est formidable, ici, pour un enfant aveugle ! Nous ne pouvons pas voir les animaux, mais il y a une atmosphère très spéciale. Et tellement de sons... d'odeurs, aussi, qui nous renseignent... c'est génial !

Elle se tait un instant. Je me rends bien compte qu'elle est un peu émue quand elle poursuit :

– Oh, dis donc, je viens de me souvenir de quelque chose ! J'avais le droit de caresser les petites chèvres de la mini-ferme... et un jour, j'ai même pu donner le biberon à l'une d'elles !

Comme s'il l'avait entendue, mon estomac se met tout à coup à grogner. Je propose :

– À propos de biberon, si on allait se prendre un petit machin à grignoter ? C'est une heure raisonnable pour un goûter, non ?

Ma proposition plaît à tout le monde, même si, pour bien faire, nous devrions maintenant retourner voir les ours polaires, pendre nos photos, rentrer à la maison et commencer à rédiger notre article…

En chemin, une idée me traverse l'esprit : je me dis que, finalement, nous, les humains, nous ne sommes pas si éloignés que ça des bêtes sauvages... la simple idée d'une friandise nous fait tout oublier !

# Chapitre 4

## Drôle de rencontre

Nous nous sommes installés sur la terrasse du snack. Il fait doux, et une aimable petit brise nous caresse les cheveux. Le téléphone de mon voisami est gentiment en train de se recharger à la batterie de secours. Un peu plus loin, les otaries sont en plein spectacle : elles ont l'air de s'amuser autant que le public. Elles font du surf, exécutent des sauts périlleux, d'incroyables saltos avant et arrière, jonglent avec d'immenses ballons colorés... Depuis l'endroit où nous sommes, nous entendons les applaudissements enthousiastes des spectateurs.

– Grrrrr.

Je me retourne, et elles sont là, tout près de nous. La grosse dame en rouge, avec sa saucisse à pattes. Woofiedoo-doodelydoo me fixe d'un air absolument féroce. Si elle n'était pas toujours attachée au bout de sa laisse, elle se jetterait sans doute sur moi pour me dévorer sans pitié. Elle est drôlement rancunière, cette bête-là... Mon regard remonte vers sa propriétaire. Ouf, cette dernière ne m'a pas encore vue. Avec un peu de chance, elle va s'éloigner... oui, c'est ça ! Elle range son porte-monnaie dans son sac à main, puis, tirant sur la laisse, et sans se retourner, elle entraîne son teckel vers l'allée où un garçon à la jambe dans le plâtre, installé dans un grand fauteuil roulant, les attend. Je les regarde s'éloigner quand un couple évoluant à la limite de mon champ de vision, attire mon attention. C'est une grande femme blonde en robe mauve, très maquillée et accompagnée d'un vieux monsieur habillé comme un vrai dandy du XIXe siècle. Même s'il ne se tient pas droit, sa silhouette reste imposante. Ils avancent vers nous, nous dépassent pour s'asseoir à une table un peu plus loin.

Au moment où ils nous frôlent presque, je remarque soudain que la dame tient dans sa main un livre dont le titre est écrit en cyrillique[1].

J'en suis sûre, c'est un signe du destin.

Je me mets à les observer du coin de l'œil. Ils n'ont encore rien dit. L'homme, qui s'est assis sur une chaise, semble peiner à reprendre son souffle. Il sort un petit inhalateur de sa poche et aspire plusieurs bouffées de médicament, mais cela n'a pas l'air de lui faire beaucoup de bien. La femme, tout près de lui, a posé sa main sur son épaule et lui parle tendrement

1. Alphabet dont on se sert pour écrire le russe et d'autres langues slaves.

à l'oreille. Elle n'a pas du tout l'air d'une méchante déguisée en gentille, mais celui d'une amoureuse qui se fait du souci pour son chéri... Pourtant, je le sais, je le sens, Keren ne peut pas s'être trompée.

Un serveur arrive, tout sourire.

– Qu'est-ce qui vous ferait plaisir ?

Je me dis que, comme ça, sans réfléchir, je pourrais lui donner la liste d'un tas de trucs qui me rendraient vraiment très très heureuse, mais je me borne à commander une tarte aux pommes, avec un jus d'ananas. Pour Arthur, ce sera un mille-feuille avec un soda et pour Keren, un cookie aux pépites de chocolat avec un thé au lait. Elle annonce :

– Vous êtes chanceux, c'est mon jour de bonté ! Je vous invi...

Mais elle s'interrompt soudain et penche sa tête de côté.

Les gens qui viennent d'arriver ont échangé quelques mots. Évidemment, elle a reconnu leurs voix. Moi, je me tords le cou pour tenter de mieux les voir...

jusqu'à ce que j'aie une idée pour les examiner tout à mon aise d'un peu plus près.

Je me lève, en essayant de garder l'air le plus naturel possible. Ensuite, je me dirige lentement vers le comptoir, prenant bien soin de passer tout près de leur table. Ni l'un ni l'autre ne me prête évidemment la moindre attention.

Ils sont de nouveau silencieux, chacun plongé dans ses pensées. L'homme respire à présent tout à fait normalement et semble s'être détendu. Quand j'arrive juste à leur hauteur, je fais semblant de trébucher. Je m'arrête, mets un genou à terre, prends le temps de renouer, très soigneusement, les lacets de mes chaussures... En réalité, mon œil de lynx les examine des pieds à la tête.

Pas grand-chose de remarquable, sauf que la dame a de très longues mains, manucurées d'une façon extravagante. Elle doit laisser une fortune chez sa prothésiste ongulaire... soudain, je réalise qu'elle porte une grosse bague à son auriculaire droit. Une bague ouvragée, d'une couleur toute particulière : un certain blanc crémeux, avec une toute petite nuance de jaune... la couleur de l'ivoire.

Il n'y a qu'une chance sur un million pour que l'idée qui me traverse alors le cerveau ne soit pas une véritable idiotie, mais trop tard, je ne peux plus me la sortir de la tête.

C'est surtout à cause du trafic de l'ivoire que les éléphants sont aujourd'hui en danger d'extinction : chaque année, environ 20 000 pachydermes sont tués illégalement rien qu'en Afrique. Il faut dire que, comme cette belle matière a toujours fasciné les hommes, son commerce existe depuis des siècles... Pour protéger les animaux, il est à présent encadré dans beaucoup de pays. Et les braconniers qui tuent les bêtes pour leurs défenses sont en principe pourchassés et punis.

Juste au moment où je me dis que si je reste accroupie plus longtemps, je vais finir par attirer l'attention, la dame en robe mauve se lève souplement de sa chaise.

C'est trop beau pour être vrai ! Elle se dirige vers les toilettes ! Je me redresse, prends l'air innocent de l'agneau qui vient de naître et lui emboîte le pas. Je m'arrange pour arriver au même moment au même endroit qu'elle. Je lui dis bonjour et merci quand elle me tient la porte qui mène à la rangée de cabines. Ensuite, les jambes un peu tremblantes, je fais semblant d'entrer dans l'une d'elles... pour en ressortir aussitôt. Je sais que la femme blonde finira, quoi qu'il arrive, par me rejoindre devant le grand lavabo. Quelques minutes plus tard, en effet, je vois dans le miroir qu'elle s'avance vers moi. Je m'efface pour lui laisser la place. J'essuie mes mains au rouleau de tissu, lui adressant mon sourire le plus aimable.

– Comme elle est belle, votre bague, Madame ! Vous ne voudriez pas me la confier, le temps que vous vous laviez les mains ? Ce serait tellement dommage de risquer de l'abîmer…

Ça marche. Elle me sourit aussi. Elle retire lentement son bijou et me le tend. Je l'examine avec attention. C'est, vraiment, un très bel objet. Je réfléchis à deux mille idées à l'heure. J'ai souvent entendu dire que les plus gros mensonges sont ceux qui passent le mieux. Je soupire :

– Ma grand-mère a presque la même : une tête de dragon sculptée dans de l'ivoire… Elle y tient beaucoup !

Ma suspecte me dévisage, d'un air énigmatique, tout en actionnant le robinet. Tout à coup, je me demande bêtement comment elle va réussir à se savonner les mains sans se lacérer la peau, avec les ongles qu'elle a, mais elle maîtrise parfaitement la technique. Lorsqu'elle récupère l'objet et qu'elle le glisse de nouveau à son doigt, elle me répond enfin, d'une voix un peu rauque et presque sans accent :

– Il s'agit en réalité d'un lion, qui est représenté à la manière chinoise. S'il ressemble à un dragon, c'est à cause de ses gros yeux, de sa large gueule et de sa crinière rejetée en arrière...

– C'est magnifique...

Elle reste silencieuse un moment, perdue dans ses pensées. Je ne bouge pas d'un cil : avec un peu de chance, elle va continuer à parler... et moi je pourrai apprendre des choses intéressantes. Quand elle relève la tête, elle plonge ses yeux bleus dans les miens.

– Ce bijou m'a été offert par une vieille voisine chinoise, madame Kuan-Yin Chen, quand j'étais à peine plus âgée que toi, je pense... À l'époque, j'étais très malade, et même promise à une mort certaine...

Je n'ai aucun mal à avoir l'air impressionné.

– C'est terrible ! Alors, ce bijou est magique ?

Les yeux mi-clos, elle passe lentement les paumes de ses mains sur ses joues et ses pommettes, depuis la pointe du menton jusqu'à ses tempes, puis le long de son cou.

– Oui.
– Incroyable.
– Madame Chen m'a tout expliqué. Elle avait le don de communiquer avec les morts... L'intérieur de mon corps pourrissait lentement parce qu'un de mes ancêtres, Piotr Ivanov, assassiné par son épouse, avait promis sur son lit de mort de revenir se venger sur toutes ses descendantes...

J'ouvre des yeux de plus en plus ronds. Elle poursuit :

– Et c'est vrai : toutes les femmes de sa lignées sont mortes jeunes, et dans des circonstances tout à fait étranges... Ce puissant talisman m'a sauvée. Il a permis d'apaiser l'esprit de Piotr Ivanov.

Elle a l'air d'y croire, et dur comme fer. Elle ne me quitte pas du regard, et ses pupilles ont pris un éclat métallique tout à fait étonnant. Comme je ne sais pas trop comment réagir, je tente un hochement de tête admiratif qui devrait lui faire plaisir.

Mais tout à coup, j'ai l'impression que ma vision se brouille. Le visage de la dame semble avoir changé. Ses lèvres paraissent plus minces. Ses yeux se sont réduits à deux fentes. Elle caresse maintenant la bague d'ivoire à son doigt d'un geste très lent.

Dans ma tête, les pensées se bousculent à toute allure, et je dois m'adosser au mur carrelé pour ne pas perdre l'équilibre. Keren avait drôlement raison de trouver cette femme bizarre... Mais est-ce véritablement une méchante déguisée en gentille ? Ou bien juste une folle ? Et si elle était trafiquante d'ivoire ? Et si malgré tout ce que disent mes parents, le monde des esprits et de la magie existait vraiment ? Si elle était, en réalité, une descendante en ligne directe de Raspoutine[1] ? Et pourquoi suis-je toujours plantée là, près d'elle, exactement comme si elle m'avait hypnotisée ? Comme s'il m'était tout à coup impossible de décoller mes pieds du sol ?

Je reviens à la réalité quand la femme pose sa main sur mon poignet. J'ai tout à coup l'impression que sa bague est brûlante, ça y est, c'est moi qui suis devenue complètement zinzin. Son visage inquiétant est maintenant à quelques centimètres du mien. Elle murmure :

– Ce sont les esprits, ces esprits ancestraux...

Cette fois, je suis complètement pétrifiée. Je jure que je voudrais libérer mon poignet. Mais rien à faire, mon cerveau n'arrive tout simplement pas à envoyer l'ordre à mon coude de se plier.

C'est elle qui finit par me lâcher, en soupirant :

---

**1.** Célèbre mage ayant eu une grande influence sur la famille du tsar de Russie Nicolas II.

– Notre époque a perdu le contact avec le monde des esprits, petite. C'est pour cela que tout va mal. Il faut absolument renouer ce lien… certaines incantations ont ce pouvoir. Certaines matières aussi. C'est un pouvoir immense, le sais-tu ? Qui le possède détient des clés de la vie et de la mort. Et de la guérison, aussi.

Je n'arrive même pas à avaler ma salive. Elle répète, tout bas :

– Voilà le secret : pour obtenir la guérison, il faut renouer avec les anciens savoirs.

Je suis maintenant persuadée que je n'arriverai jamais à me décoller du mur auquel je suis toujours appuyée. Mais qu'est-ce qui m'a pris de me jeter dans la gueule du loup ? Baba Yaga va me garder en son pouvoir, offrir ma vie en sacrifice à l'esprit de son arrière-grand-père. Je ne sortirai pas vivante de ces toilettes. Arthur ne saura jamais que c'est en pensant à lui que j'aurai rendu l'âme.

Mais voilà que j'entends soudain s'ouvrir, derrière mon dos, la porte qui donne vers l'extérieur ! Sauvée ! Une fraction de seconde, mon esprit surchauffé imagine que Woofiedoo-doodelydoo et sa maîtresse sont des complices de la sorcière, qu'elles viennent l'aider à me découper en lamelles… mais pas du tout. Une toute petite dame de service entre et nous salue aimablement. Elle pousse devant elle un gros chariot vert, sur lequel sont posés en équilibre un seau rempli d'eau tellement chaude qu'elle fume, de grosses éponges, un tortillon-serpillière fixé au bout d'un manche et deux ou trois flacons colorés de produits ménagers.

Je me retiens pour ne pas courir l'embrasser.

La femme en robe mauve ne m'accorde plus la moindre attention. Elle se recoiffe maintenant calmement, face au miroir qui surplombe le lavabo.

Sans demander mon reste, je pousse la porte qui donne sur la terrasse.

# Chapitre 5

## Les soupçons se confirment

– Tu en as mis, du temps. Tu t'es perdue ? me demande Arthur, quand je retourne à notre table où ma pâtisserie et ma boisson m'attendent.

– Ha, ha, ha.

Dès que j'ai retrouvé mes amis, je me sens mieux. L'air frais, le soleil et quelques gorgées de jus d'ananas finissent de dissiper mon impression de malaise. Je me traite silencieusement d'andouille. Le monde des fantômes n'existe pas, sinon, les scientifiques auraient déjà trouvé un moyen d'entrer en contact avec eux. La dame doit être passablement cinglée, et moi je l'ai suivie ventre à terre dans son délire. Comme dit Arthur : *je me suis encore fait un film*.

Pourtant, sans entrer dans les détails, j'explique, tout bas, ce qui m'est arrivé. Keren ne s'arrête plus de hocher la tête, en murmurant :

– Je le savais bien, qu'il y avait quelque chose de louche... C'est sûr qu'elle est complètement cinglée, la pauvre, mais je parie que ces deux-là ne sont pas ici pour passer un bon moment à admirer les animaux !

Je me racle la gorge avant d'oser demander :

– Vous croyez qu'il faudrait prévenir quelqu'un ?

Arthur hausse les épaules.

– Et on leur dirait quoi ? Qu'un couple de visiteurs, armé d'une bague magique, est sur le point d'enlever les éléphants du zoo avec l'aide des esprits de leurs ancêtres, pour alimenter le trafic international de l'ivoire ?

Évidemment, vu comme ça, ça ne tient pas la route. Mais il continue, plus sérieusement :

– Allez, Léonie : comment veux-tu qu'ils s'y prennent ? Les allées sont pleines de monde, il y a des caméras de surveillance partout... Même s'ils ont vraiment des intentions malhonnêtes, ils ne peuvent absolument rien faire, ces gens.

Mon voisami a beau essayer de me raisonner, il ne réussit pas à me convaincre tout à fait. Je me souviens comment, quelques minutes plus tôt, j'étais sous l'emprise de la femme en mauve. Elle a peut-être des talents d'hypnotiseuse...

Nous nous taisons un moment, avant que Keren souffle :

– On dirait bien qu'ils s'en vont...

C'est vrai. Ils ont repoussé leurs chaises pour se lever. Ils commencent à s'éloigner, à pas lents, sans que la dame jette un seul regard vers moi. Je n'hésite qu'une seconde.

– Faites ce que vous voulez, moi, je les suis. On pourra toujours prendre les ours polaires en photo après. Je veux absolument en avoir le cœur net...

Et sans attendre la réaction des deux autres, je m'apprête à quitter notre table, avant que le couple ne disparaisse de ma vue. Keren attrape sa canne blanche.

– Je viens avec toi, annonce-t-elle.

Arthur soupire, en se levant à son tour :

– OK, les filles, vous avez gagné. Je me joins à vous.

Une fois arrivé dans la grande allée, le couple semble déambuler au hasard. Nous les suivons, à distance respectueuse, jusqu'à... l'enclos des éléphants ! Une animation va bientôt commencer. Les bancs sont presque pleins, mais l'homme et la femme réussissent à se glisser sur l'un d'eux.

– Tu vois, tu avais tort, me chuchote mon voisami. Tes affreux méchants vont tout bêtement profiter du spectacle. Moi, je suggère qu'on retourne faire les photos pour lesquelles on est venus et qu'on rentre à la maison. Je te rappelle qu'on a du boulot, et qu'on n'est pas en avance. Si on n'a rien, lundi, on va passer pour des gros nuls auprès de la rédac' chef du *MagaCol*, et ça, ce serait la honte.

Je me dis que c'est la voix de la sagesse. Je prends une grande inspiration, laisse mon regard se poser sur la foule des visiteurs…

… et étouffe un petit cri. Je désigne de la tête l'emplacement où le couple a pris place quelques instants plus tôt : l'homme est maintenant tout

seul ! Je jette un regard circulaire et repère la femme. Elle s'éloigne de l'enclos des éléphants à vive allure, longeant le secteur des lions blancs. Vite ! Cellule de crise ! Nous décidons en deux minutes que Keren ira s'installer à côté du vieux dandy, pendant qu'Arthur et moi pisterons sa compagne.
Aussitôt dit, aussitôt fait, et nous filons sur les traces de la dame, que nous suivons jusqu'aux girafes. Nous longeons l'enclos des pandas, passons non loin des paresseux à deux doigts… Je jette un rapide coup d'œil vers mon voisami : va-t-il dire quelque chose ? Même pas. L'air déterminé, le regard fixé sur la silhouette en robe mauve, la mâchoire serrée, il ne pense manifestement plus à notre dispute de tout à l'heure, quand il essayait de me convaincre que les paresseux étaient le meilleur sujet du monde pour notre article.
Tout en trottinant, je me dis que ces bêtes, originaires du nord de l'Amérique du Sud, sont étonnantes. Presque tout le monde sait que ce sont

les mammifères les plus lents du monde, mais on ignore généralement que leur fourrure abrite une espèce d'algue microscopique – qui verdit à la saison des pluies et jaunit à la saison sèche ! – et aussi, dans leur milieu naturel, des tas de papillons et de scarabées... J'ai lu un jour qu'ils passent le plus clair de leur temps à dormir dans les branches, que la nourriture reste un mois dans leur tube digestif et qu'ils ne descendent de leur arbre qu'une fois par semaine pour déposer une crotte sur le plancher des vaches ! Tout en dépassant leur enclos, je me dis qu'Arthur n'avait finalement pas tort... Il faudra un jour les présenter aux lecteurs du *MagaCol*...

Toujours silencieux, nous poursuivons notre filature. Ma parole, si elle continue comme ça, notre suspecte va traverser tout le parc !

C'est à peu près ce qu'elle fait, sans se rendre compte que nous sommes sur ses talons. Elle finit par s'immobiliser devant un grand enclos qu'on appelle la « scène asiatique ». On peut y voir cohabiter des rhinocéros, des antilopes saïga et quelques palmipèdes, dont des canards mandarins. D'abord, elle reprend son souffle. Ensuite, elle sort un petit miroir de son sac à main, vérifie son maquillage, le range. Après quoi, elle se met à jeter des coups d'œil autour d'elle, comme si elle attendait quelqu'un.

Je recule un peu, pour me mettre à l'abri du tronc d'un gros arbre, tout en glissant à Arthur :

– Il vaut mieux rester discrets : je ne voudrais pas qu'elle me voie... Elle va forcément me reconnaître, et trouver bizarre que je la piste, comme ça...

– Tu as raison.

Nous restons quelques minutes à notre poste d'observation. La journée est belle, et les visiteurs nombreux. Il y a des petits enfants, des jeunes gens, des vieux, des familles, des personnes seules... Tous se promènent dans les allées en souriant. Presque tous ont l'air heureux ou, au moins, détendus. De loin en loin, on voit aussi passer des gens qui travaillent ici. Des soigneurs, essentiellement, et, parfois, d'autres personnes. Pas très loin de nous, un jardinier d'un certain âge est en train de tailler un arbuste. Il a glissé une fleur rouge dans le système de fermeture de l'une des bretelles de sa salopette. C'est Monsieur Floréal. En nous voyant, il nous fait un petit signe d'amitié[1].

Notre suspecte commence à s'impatienter. Elle tourne en rond nerveusement et regarde sa montre sans arrêt. Enfin, un jeune homme se détache des groupes de visiteurs. Il est vêtu d'une veste à capuche en tissu « camouflage ». Son allure générale me rappelle vaguement quelqu'un, mais sur le coup, je n'arrive pas à retrouver qui. Sans hésiter, il avance à sa rencontre. Ils discutent un long moment, un peu à l'écart du chemin principal. Enfin, c'est surtout elle qui parle. Lui se contente de hocher la tête. Nous n'avons pas quitté notre poste d'observation, mais

---

1. Voir le volume *Bianca a disparu !*

ils sont bien trop absorbés par leur conversation pour faire attention à nous.

– Tu as vu ? me glisse soudain Arthur, c'est Yannick !

– Qui ça ?

– Voyons... tu ne le reconnais pas ? Il ne porte plus sa tenue de travail, mais on l'a rencontré tout à l'heure, dans le secteur des ours polaires !

Mais oui. Évidemment. Je me sens tout à coup très sotte. Mon amisin poursuit :

– Tiens, je n'avais pas remarqué ce drôle de tatouage, sur le dos de sa main... Tu me diras, c'est normal, vu qu'il portait des gants de protection !

J'ouvre des yeux ronds. On est un peu trop loin pour le voir distinctement, mais j'ai bien l'impression qu'il s'agit d'un idéogramme chinois. Ce serait drôlement intéressant de savoir ce qu'il représente... Pourvu que ce ne soit pas une incantation magique pour entrer en contact avec le monde des esprits de ses ancêtres !

Ils restent tous les deux parfaitement immobiles pendant quelques instants. Ensuite, ils s'éloignent tranquillement du chemin balisé. Ils se dirigent vers la clôture, partiellement cachée par la végétation, pour la contourner. Ils ont maintenant quitté la zone dédiée aux visiteurs.

– Ça alors, qu'est-ce qu'ils fabriquent ? grommelle Arthur, l'air indigné. Il n'a pas le droit de l'emmener par là !

Nous allons les perdre de vue si nous ne nous rapprochons pas d'eux. Mais comment faire pour ne pas attirer leur attention ? Arthur me prend par la main pour m'entraîner sur la large bande de pelouse qui sépare le chemin de l'enclos. Il murmure :

– Viens, on va jouer les andouilles. C'est le meilleur moyen du monde pour entourlouper les adultes. Il y en a plein qui pensent que tant qu'on n'est pas majeur, on est complètement crétin...

Mon cœur bat beaucoup plus vite que d'habitude. À cause du danger, bien sûr, et aussi parce qu'il me tient la main. Je réussis quand même à répondre :

– Et, plus précisément, c'est quoi, ton plan ?

Il me regarde dans les yeux en ouvrant grand les siens avec une expression parfaitement idiote. Il articule d'une toute petite voix :

– Ben, on a perdu nos parents dans la foule et on n'arrive plus à les retrouver.

Franchement, je ne suis pas sûre que ça marche, surtout que comme la dame et le soigneur nous ont tous les deux déjà vus, ils vont forcément trouver ça drôlement bizarre... mais il n'y a pas de temps à perdre. De toute façon, je n'ai pas de meilleure idée à proposer.

Nous nous glissons, comme des ombres, de l'abri d'un buisson à celui d'un autre buisson, et arrivons bientôt près d'une porte. C'est un grand panneau métallique, peint en gris. L'immense majorité des visiteurs ne l'a jamais remarqué, mais c'est l'endroit qui permet l'accès du personnel du zoo à la « scène asiatique ».

# Chapitre 6

## Avec les rhinocéros

Yannick est maintenant en train de déverrouiller la grande porte, sous l'œil attentif de la dame en mauve. Elle semble parfaitement maîtresse d'elle-même, et fait comme si elle n'était pas du tout en train d'enfreindre le règlement du parc zoologique interdisant aux visiteurs de quitter la zone qui leur est destinée. Lui, au contraire, a vraiment l'air très nerveux. Ses gestes sont mal assurés. Il est obligé de s'y reprendre par trois fois avant de réussir à débloquer la serrure. Enfin, il y arrive.

Elle se glisse comme une anguille derrière lui.
Ils referment la lourde porte de métal derrière eux.
J'ai envie de hurler, mais réussis à murmurer à mon amisin :

– Mais bon sang, tu as une idée de ce qu'ils fabriquent ?
– J'en sais rien du tout... et pas moyen de le découvrir ! Je pense qu'ils vont s'arranger pour qu'aucun visiteur ne puisse les voir, depuis l'allée principale ! Il y a des tas de coins et de recoins où se cacher dans l'enclos.
– Hum. On est coincés, là... Tu ne crois pas que maintenant, il faudrait avertir quelqu'un ?

Il ne me répond pas. La tête levée, il considère les branches des chênes et des hêtres qui se dressent près de nous. Je le connais, je sais exactement ce qu'il est en train de penser, mais je suis sûre que c'est une mauvaise idée. Je soupire :

– Même pas en rêve. Cette fois, ça ne marchera pas ! D'abord, parce qu'aucune branche n'est accessible, ensuite, parce qu'on va se faire remarquer, et certainement enguirlander. Tu n'as pas vu les panneaux, partout ? Avec marqué dessus : « Interdit de grimper aux arbres » ? En plus, on n'est même pas sûrs que depuis là-haut on pourrait vraiment les voir...

C'est vraiment hyper-vexant : Arthur continue de faire la sourde oreille. Bon, pendant qu'il reste le nez en l'air, moi, je décide de fureter un peu dans les parages... et je ne tarde pas à découvrir quelque chose de très intéressant, derrière un petit placard technique peint en vert pour se fondre dans le paysage.

Je suggère :

– Peut-être bien que si on empilait quelques-uns de ces parpaings que quelqu'un a entreposés là, on pourrait s'en servir comme d'une espèce d'escabeau, et voir ce qui se passe dans l'enclos...

En entendant cela, mon voisami se souvient enfin que j'existe. Il lève le pouce en l'air et s'approche :

– Bravo, tu as raison, ça devrait faire l'affaire ! Tu m'aides ?

Moi, je veux bien, mais un parpaing, ça pèse un âne mort, et j'ai un mal de chien à en soulever un. Arthur en a déjà empilé trois à lui tout seul, et moi, je suis toujours en train de m'acharner sur le premier, qui a l'air de s'être ventousé au sol juste pour me contrarier. Enfin, nous touchons au but, et comme il a une bonne tête de plus que moi, c'est lui qui escalade notre bricolage improvisé. Il reste immobile et silencieux pendant une éternité... tandis que moi, je trépigne d'impatience... et finis par crier tout bas :

– Alors, qu'est-ce qui se passe, là-dedans ?

Il se retourne vers moi, l'air consterné.

– Aucune idée. J'ai vue sur un bout du toit du bâtiment qui abrite les loges, c'est tout.

Et il saute à terre.

– Il faut déplacer ce machin d'au moins dix mètres vers la gauche, si on veut espérer voir quelque chose.

Mais juste à ce moment, la porte en métal se rouvre, doucement. Nous nous plaquons au mur, en retenant notre respiration.

Le soigneur sort de l'enclos.

Tout seul.

Il n'a plus du tout l'air hagard, seulement drôlement pressé. Sans un regard autour de lui, il avance à grands pas. Je secoue le bras d'Arthur.

– La dame russe est toute seule à l'intérieur de l'enclos avec les animaux ! Tu te souviens de ce qu'on se disait tout à l'heure ? Ce n'est pas parce qu'ils habitent au zoo qu'ils ne sont plus dangereux ! Je crois qu'il n'est pas du tout conseillé de se retrouver face à un rhinocéros mal luné qui a décidé de charger ! Ce n'est pas parce qu'elle est complètement à l'ouest qu'il ne faut pas lui venir en aide !

Mon voisami ne me répond pas : les yeux exorbités, il regarde derrière moi, par-dessus mon épaule. Je me retourne et je découvre, moi aussi, que la lourde porte en métal est restée entrebâillée. Yannick était si pressé de partir qu'il ne l'a pas claquée correctement.

Nous nous précipitons tous les deux pour la repousser, mais quelque chose s'est déjà glissé entre la porte et le chambranle... quelque chose de vivant : le museau d'un jeune rhinocéros ! Pendant qu'Arthur pèse de tout son poids sur le panneau, moi, je tente de repousser la masse grise et rugueuse vers l'intérieur. Pourvu que le reste de la famille ne vienne pas prêter main-forte au petit, sinon, nous allons nous faire écrabouiller !

Un instant, j'imagine ce qui se passerait alors. Nous serions transformés en steaks tartares, et tous les animaux de la scène asiatique prendraient tranquillement possession des allées du zoo. Si les canards et les antilopes saïga n'effraieraient sans doute pas grand monde, les rhinocéros sèmeraient la panique générale.

Je le vois bien : mon voisami fatigue. Il ne va pas tenir bien longtemps dans cette position. Dans un effort terrible, il souffle :

– Il faut vraiment que tu arrives à faire rentrer cette bête, maintenant, sinon, j'abandonne, et c'est fichu !

Comment faire ? Je pourrais bien marteler le museau de l'animal de coups de poings, mais ne veux pas risquer de lui faire mal, son museau est certainement un endroit délicat… Quand soudain, j'ai une idée. Je souffle :

– Vingt secondes ? Tu peux encore tenir juste vingt secondes ?

Il répond par un grognement que je décide d'interpréter comme un acquiescement. Alors, sous son œil incrédule, je me précipite vers une touffe de jolies graminées que j'ai repérées à quelques pas. Je dois m'y reprendre à deux ou trois fois pour arracher une grosse poignée de tiges, mais en quelques bonds, je reviens à mon poste. J'agite alors délicatement les épis duveteux juste au bord des grosses narines roses. Hélas ! J'ai beau faire, il ne se produit rien du tout ! J'insiste encore. Bêtement, je me prends à chantonner, à voix basse :

– Guili-guili !

Mais toujours pas le moindre résultat. Je suis sur le point d'abandonner quand soudain le jeune rhinocéros grogne. Il soupire... Il éternue... et recule ! C'est gagné !

Clac ! La porte s'est refermée, pour de bon cette fois. Ouf. Mon voisami et moi échangeons un regard de triomphe... et le téléphone se met à vibrer dans la poche d'Arthur. Il le dégaine avec une grimace.

– Argh ! Keren m'a envoyé cinq textos successifs ! Comment ça se fait qu'on n'ait rien entendu ? Elle dit qu'on doit la rejoindre tout de suite ! Je me demande si on a bien fait de la laisser toute seule avec ce drôle de bonhomme...

Je ne sais pas depuis combien de temps nous sommes là, coincés près de ce fichu enclos, mais là-bas, l'animation autour des éléphants doit être terminée.

Tant pis pour la dame russe, tant pis pour les rhinocéros, tant pis pour le reste du monde, on les abandonne tous pour filer comme le vent.

Nous arrivons complètement essoufflés et en nage. De nombreux spectateurs ont quitté l'endroit, mais Keren est toujours là, assise sur le banc, près du vieux dandy asthmatique.

# Chapitre 7

## La situation se complique

Keren et l'homme assis près d'elle ont l'air de deux vieux amis, plongés dans une grande discussion. Quand mon voisami appelle sa sœur, elle tourne la tête vers nous avec un grand sourire.

– Arthur ! Léonie ! Vous avez enfin vu mes textos ! Venez vite ! Il faut absolument que je vous présente Monsieur Jacobs.

Nous franchissons les derniers mètres qui nous séparent d'eux, tout en nous demandant comment nous sommes supposés réagir. Nous n'avons pourtant pas le temps de trop nous interroger, parce qu'elle enchaîne immédiatement :

– Il vient de Bruges, mais a vécu plusieurs années en Russie ! À vrai dire, il l'a même traversée d'ouest en est !

L'homme hoche la tête en souriant. Il est penché en avant, les coudes sur ses genoux, les deux mains jointes sur le pommeau de sa canne. Son souffle est court et il respire bruyamment. Pourtant, il nous considère avec une grande gentillesse. Je souris poliment.

– Bonjour Monsieur.

– Appelez-moi Jan, s'il vous plaît. Alors, c'est vous, jeune fille, qui voulez devenir vétérinaire, plus tard ?

Il a l'air drôlement sympa… et Keren semble lui faire confiance. Devrions-nous simplement tout lui expliquer, et puis l'emmener à l'autre bout du parc, jusqu'à l'enclos des rhinocéros ? Hélas, j'ai bien peur que compte tenu de son état de santé, il n'arrive pas à marcher jusque là-bas. Le mieux est donc sans doute, pour le moment, de ne rien dire qui pourrait lui mettre la puce à l'oreille.

C'est très difficile de faire comme si de rien n'était, alors que je sais que sa femme est peut-être encore en ce moment même enfermée avec des animaux dangereux ! Arthur n'a pas l'air beaucoup plus à l'aise, mais il essaye comme moi de faire bonne figure. Il faudrait pourtant que nous trouvions au moins le moyen d'avertir Keren, qui ignore tout ce qui s'est passé... Elle aurait peut-être une idée de ce que nous devrions faire...

À force de me torturer les méninges, j'ai enfin une idée. Je pousse un petit cri, comme si je me souvenais tout à coup de quelque chose, et me retourne vers mon amisin. Je me mets à glousser comme une vraie dinde :

– Hiiiii ! Je viens de me rappeler que c'est l'anniiiversaire de ma Grand-mère, aujourd'huiii ! il faut absolument que je l'appelle ! Prête-moi ton téléphone, viiiite, je t'en priiiie, Arthur !

En principe, il devrait comprendre tout de suite que j'ai un plan. Mais il me regarde seulement avec un air un peu inquiet, comme si j'étais en train de faire un malaise.

– Ta GrandMa, tu veux dire ?

– Ouiiiiii !

– Euh, Léonie, ça va, tu es sûre ? Pourquoi tu parles comme ça ?

Je me déplace un peu pour que le nouvel ami de Keren ne puisse pas voir mon visage, je fais une grimace, les gros yeux, puis articule silencieusement :

– Allez !

Les garçons, même les plus vifs, ont parfois un petit temps de retard, j'ai l'impression... Mais Arthur finit par me tendre son appareil avec un clin d'œil complice. En exagérant mes gestes, je fais semblant de taper un numéro et colle le téléphone à mon oreille. Au bout de quelques secondes, je claironne d'une voix aigüe :

– Zoyeux zanniversaire, Mémé ! Comment vas-tu ?

Alors que mon amisin me regarde toujours comme si j'avais perdu l'esprit, un demi-sourire s'est dessiné sur les lèvres de Keren : elle a compris mon manège au quart de tour. Je lui ai beaucoup parlé de GrandMa, restée en Alsace et qui me manque tant, et elle sait très bien que la maman de ma maman, malgré tout l'amour qu'elle me porte, courrait immédiatement me perdre dans la forêt si un jour j'osais même pour rire l'appeler « Mémé ».

Je n'ai plus qu'à continuer la mise en œuvre de mon plan. Sans sembler prêter attention à quiconque, je poursuis mon petit sketch.

– Oh, ben, dis donc, Mémé, ta voix est toute hachée ! Je ne t'entends pas bien du tout !

On dirait qu'il y a un problème de réseau... Attends, je vais bouger un peu, jusqu'à ce que la communication soit meilleure...

Et hop, je m'éloigne lentement du banc. Puis je me dépêche de me cacher derrière le grand panneau détaillant les mœurs et le régime alimentaire de ces mammifères marins carnivores qu'on appelle les otaries. (Je n'y jette même pas un œil : je sais déjà tout. Longtemps chassées pour leur chair, elles sont protégées depuis le début du siècle dernier. Comme elles sont très sociables, faciles à apprivoiser et à entraîner – encore plus que les dauphins, paraît-il ! – on en trouve souvent dans les parcs d'attraction...) Donc, une fois à l'abri des regards indiscrets, j'envoie illico un message vocal à Keren.

– Dame russe prisonnière chez les rhinocéros. Je répète : dame russe prisonnière chez les rhinocéros.

Il ne faut pas que mon attitude soit trop louche : je dois attendre un peu pour retrouver les autres.

Je me force à compter lentement trois fois jusqu'à soixante avant de retourner vers le banc.

Quand j'arrive, Arthur s'y est installé aussi, avec les deux autres. Il lève les yeux à mon approche pour m'annoncer :

– Tu te rends compte ? Jan a vécu plusieurs années à Vladivostok !

L'intéressé hoche la tête.

– C'est là que j'ai rencontré mon épouse. Elle a eu une enfance très difficile, vous savez… Elle a été traumatisée par quelques drames familiaux… mais elle est tellement merveilleuse, et…

Les yeux de l'homme se sont remplis de larmes d'émotion.

– … c'est vraiment l'amour de ma vie. Elle tarde à venir me retrouver ici, et je me fais du souci. Ces derniers temps, j'ai l'impression qu'elle…

Mais il ne termine pas sa phrase. Il secoue la tête, comme pour reprendre ses esprits, et toussote, sûrement gêné de s'être ainsi laissé aller aux confidences avec de jeunes inconnus.

– Tiens, ça alors, j'ai un message ! Excusez-moi, je vais l'écouter ! s'exclame théâtralement Keren, juste à ce moment.

Mais je me dis qu'il est temps maintenant de prendre le taureau par les cornes. Je pose ma main sur le bras du vieux dandy.

– Malheureusement, je crois bien que votre femme a des ennuis. C'est un peu difficile à expliquer, mais vous sentiriez-vous d'attaque pour aller jusqu'à l'autre bout du zoo ?

En entendant ces mots, l'homme a sauté sur ses pieds.

– Mon Olga a besoin de moi ? Qu'est-ce qu'on attend ?

Et malgré son souffle court, il nous emboîte le pas. Malheureusement, au bout de cent mètres, il ne peut plus du tout avancer. Obligé de s'arrêter, il tousse longuement, plié en deux. Il semble suffoquer, sa main droite sur la poitrine. Même quand la crise s'est calmée, sa respiration reste très sifflante et ses jambes ont du mal à le porter.

– Quelle misère, dit-il, d'un ton rageur. Heureusement que les allées de ce zoo sont bordées de bancs...
– Grrrrrr !

Je me retourne.

Je crois rêver.

Elles sont là : Woofiedoo-doodelydoo et sa maîtresse. Le petit roquet me regarde toujours comme s'il rêvait de me dévorer. La grosse dame en rouge pousse le fauteuil roulant dans lequel est installé le garçon blond que j'ai aperçu tout à l'heure à la terrasse du snack. Sa jambe est plâtrée presque jusqu'à la hanche.

Arthur l'a vu, lui aussi. Son visage s'éclaire d'un sourire et il s'exclame :

– Eh, Archie ! Ben dis donc, qu'est-ce qui t'est arrivé ?

– Accident de rugby, répond l'autre avec une grimace.

– Ha ha ha ! Je t'ai toujours dit que le judo, c'était moins dangereux !

La grosse dame agite la main, tout sourire.

– Archie-baby-boy, tu pourrais quand même présenter tes amis à ta maman...

Une sirène hurle dans ma tête : pas le temps ! pas le temps ! Une affaire de la plus haute importance est en train de se jouer ! Une femme est en danger dans l'enclos des rhinocéros ! Elle est peut-être liée à un trafic d'ivoire ! Je me penche vers le dénommé Archie et plonge mes yeux dans les siens.

– Salut à toi, on ne se connaît pas, mais je te jure sur ma vie que nous avons absolument besoin de ton fauteuil roulant et maintenant. Est-ce que tu pourrais je t'en prie nous le prêter et t'installer un peu ici en attendant notre retour ? On t'expliquera tout en revenant, promis !

Je vais passer pour la dernière des folles. Ce garçon va me rire au nez. Mais non. Il se retourne seulement vers Arthur, l'air interrogatif, pour lui demander :

– C'est vrai ?

Mon voisami, instantanément redevenu sérieux, hoche la tête en signe d'approbation.

Alors, sous les yeux effarés de sa mère, Archie se lève avec difficulté. Je lui tends mon bras pour le mener jusqu'au banc. Jan lui cède sa place et s'installe dans le fauteuil roulant, sa canne posée en travers de ses genoux.

– Mais enfin, voyons, qu'est-ce que c'est que cette histoire ? Quelqu'un pourrait-il me dire ce qui se passe ? demande la grosse dame, soudain aussi rouge que sa robe.

Le vieux dandy s'exclame :

– Je ne peux pas vous l'expliquer maintenant, chère Madame : sachez seulement que c'est une question de vie ou de mort !

Et nous nous précipitons tous les quatre vers la scène asiatique. J'ouvre la route, tandis qu'Arthur et Keren poussent le fauteuil.

Les visiteurs, l'air ébahi, s'écartent devant notre étrange équipage.

Pendant le trajet, j'entends que mon voisami tente d'expliquer, sans rentrer dans les détails, les derniers événements au passager du fauteuil roulant.

De mon côté, à chaque fois que nous passons devant un nouvel enclos, mon cerveau m'envoie machinalement quelques infos. J'ai l'impression que cela calme un peu mon esprit en surchauffe, tout prêt à passer en mode panique absolue. Me répéter ce que je sais sur les animaux qu'on dépasse a un côté rassurant, un peu hypnotique, tandis que je trottine le long de l'allée.

Les dragons de Komodo ressemblent à des dinosaures. Ils font partie de la famille des varans, et ce sont les plus gros lézards vivant sur la planète : ils mesurent plus de trois mètres et peuvent atteindre un poids de 100 kilos. Ces sympathiques bestioles ont une arme terrible : leur salive venimeuse, qui peut paralyser la plus grosse des proies une fois qui l'ont mordue... autre fait très remarquable, les femelles de cette espèce peuvent se reproduire sans l'aide de mâles !

… deux minutes plus tard ...

Le diable de Tasmanie, tout comme le kangourou, le koala et le wombat, est un marsupial, ce qui signifie qu'il porte son petit dans une poche ventrale. Il a le poil noir, vit plutôt la nuit, se met à sentir mauvais dès qu'il stresse (sans doute une stratégie pour mettre ses ennemis en fuite)... et pousse des cris affreux, qui ont terrorisé les premiers colons d'Australie. Quand il dévore une proie, il n'en laisse pas une miette : il avale même la fourrure et les os.

… deux minutes plus tard ...

Les nasiques sont sans doute les singes les plus vilains du monde, mais ce n'est pas leur faute, s'ils ont ce grand nez mou tellement disgracieux au milieu de la figure. Ils peuvent se déplacer à quatre pattes ou debout et sont d'excellents nageurs. D'ailleurs, quand ils se sentent en danger, *plouf !* Ils se jettent à l'eau pour se mettre en sécurité.

… deux minutes plus tard ...

Les orang-outans, dont le nom signifie « homme de la forêt » ont un pelage roux très caractéristique. Ils sont un peu nos cousins, comme les chimpanzés et les gorilles, et...

Un grand bruit derrière moi me fait soudain sursauter et m'immobiliser.

Arthur et Keren ont stoppé net leur course : le fauteuil roulant a percuté une jeune fille qui arrivait en sens inverse en rollers. Elle s'est retrouvée par terre au milieu du chemin. Je me précipite pour l'aider à se relever, mais voilà qu'elle est déjà debout, vociférant :

– Vous pourriez pas faire attention ? Espèces de malades !

Elle frotte le tissu de son pantalon rose, tout sali par sa chute. Son petit haut – un ton plus clair - découvre son nombril. Elle continue, secouant les boucles noires qui encadrent son visage :

– C'est vrai, quoi, j'aurais pu drôlement me faire mal !

Arthur s'approche alors d'elle, et pose sa main sur son bras. Sa voix est encore plus mélodieuse que d'habitude quand il lui dit, tout en la regardant droit dans les yeux :

– Excuse-nous ! Nous sommes en mission. Très importante. Une affaire top secrète. J'espère que ça va aller, pour toi.

La fille se calme d'un coup. Voilà qu'elle lui sourit soudain de toutes ses petite dents blanches et bien rangées. Elle roucoule :

– Ah la la, mais oui, ça va tout à fait bien, maintenant. Et d'ailleurs, j'allais moi-même trop vite, c'est aussi un peu ma faute...

– Tout est OK ?

– Tout est OK.

– Vraiment ?

– Vraiment.

– Tant mieux.

Elle bat des cils et soupire.

– C'est vrai ? Vous êtes en mission ?

Mon voisami redresse le menton. Il secoue un peu ses incroyables cheveux châtains et fixe l'horizon, la mâchoire serrée, pendant quelques secondes. Il lâche enfin :

– C'est compliqué.

Je rêve. Ou plutôt : c'est un vrai cauchemar. Non seulement la main d'Arthur est toujours posée sur le bras de cette fille absolument ravissante, mais j'ai la nette impression qu'ils se sont un peu rapprochés l'un de l'autre. Et moi, une coulée de plomb tombée du ciel m'a changée en statue sur le bord du chemin.

Heureusement, Keren et Jan réagissent en même temps.

– C'est fini, ces simagrées, Arthur ? lance la première.

– Pardon, jeunes gens, mais on est quand même un peu pressés... grogne le second.

Comme par miracle, je retrouve alors l'usage de mes jambes. Je m'avance vers la fille. La vérité, c'est que j'ai envie de la mordre, et même de l'infecter avec ma salive de dragon du Komodo, mais je lui adresse mon sourire le plus charmeur. Sans le regarder, j'attrape gentiment mais fermement la main d'Arthur, que je garde bien serrée dans la mienne. Après quoi je lance à la rolleuse, avec le ton le plus aimable de mon répertoire :

– On va devoir te laisser, maintenant, ma grande, parce que, nous, on a des choses importantes à faire. Passe une bonne journée, amuse-toi bien !

Je jure que si j'avais deux euros dans ma poche, je les lui donnerais, en lui disant d'aller s'acheter une glace.

Ensuite, tenant toujours la main d'Arthur, je l'entraîne vers le fauteuil roulant. J'ai l'impression qu'il n'est pas très à l'aise, mais je reste stoïque. Avant de m'éloigner, j'entends Keren lui glisser :

– Dis-moi... tu es bien conscient que des filles comme Léonie, ça ne se rencontre pas tous les quatre matins ?

Me sentant rougir jusqu'aux oreilles, j'accélère le pas, suivie par le reste de la troupe qui s'est remis en route.

– Plus vite, plus vite ! ne cesse de répéter Jan.

# Chapitre 8

## Pour une corne de rhinocéros

Nous sommes tous les quatre en nage quand nous arrivons en vue de la « scène asiatique ».
Au moment où nous quittons la grande allée, nous voyons, de loin, qu'une petite voiture électrique est garée près de la porte en métal menant à l'enclos. Celle-ci s'ouvre lentement. La grande dame blonde

en sort, encadrée à droite par le soigneur Yannick, et à gauche par un autre homme : un petit costaud tout vêtu de noir et à l'air pas commode.

– Olga ! crie son mari.

Mais elle ne répond pas. Elle garde les yeux rivés au sol.

Le trio s'immobilise, le temps que nous le rejoignions, et le petit costaud s'approche rapidement de Jan.

– Monsieur Jacobs ? Je suis le responsable de la sécurité du parc. Je vais vous demander de nous suivre, s'il vous plaît. Venez avec nous, il y a quatre places, dans le véhicule.

Arthur, Keren et moi retenons notre souffle. Jan se retourne vers nous. Il a soudain l'air encore plus vieux, et encore plus fatigué.

– Jeunes gens, merci infiniment pour votre aide, dit-il. Il va maintenant falloir nous laisser régler cette affaire entre adultes.

Comment ??? Après tout ce que nous avons fait ? *Pétard de sort*, comme dirait GrandMa, c'est terriblement injuste. Yannick, qui nous a reconnus, nous fait un petit signe amical, mais l'homme en noir ne nous regarde même pas. Une fois qu'il a réussi à se lever, Jan ajoute encore :

– S'il vous plaît, allez rendre ce fauteuil roulant à son propriétaire... Je vous promets de vous appeler dès que cela sera possible.

Ensuite, exactement comme si nous n'existions pas, ils nous tournent tous le dos et rentrent dans la voiture électrique.

Lorsque que nous nous sommes arrêtés, Arthur est venu se placer à côté de moi. Tout en les regardant s'éloigner, il murmure, presque sans bouger les lèvres :

– Tu sais que je déteste les filles qui s'habillent en rose, hein ?

Je grince :

– Ah, on n'aurait pas dit, tout à l'heure...

Après un tout petit silence, il conclut, d'une voix qui sourit :

– Je voulais juste vérifier un truc. C'est fait.

Je sens un drôle de petit chatouillement du côté du cœur, et ne sais pas trop ce que je devrais lui répondre, mais à cet instant, Keren s'approche un peu de nous en pestant :

– Punaise, ils sont gonflés. C'est quand même grâce à nous que Jan est avec eux...

Je soupire :

– Heureusement que Jan a dit qu'il nous appellera. Tu as bien fait de lui donner ton numéro, Keren...

Mais la sœur d'Arthur s'étrangle d'indignation.

– Je ne le lui ai pas donné ! Qu'est-ce que tu crois ? Que je distribue mes coordonnées à tous les gens que je rencontre, ou quoi ?

– Mais alors...

Nous nous taisons un long moment, chacun plongé dans ses pensées. Je propose :

– Bon... et si on essayait maintenant de reconstituer toute l'affaire ?

Arthur hoche la tête.

– Oui, bien sûr. Mais je crois qu'Archie attend de récupérer son char… allons d'abord le lui rendre. Tu veux t'installer dedans, Keren ?

Elle sursaute.

– … et un coup de canne blanche sur le nez, ça te plairait ? Ne sois pas insultant avec ta grande sœur ! Je suis aveugle, mais je sais marcher !

Nous reprenons le chemin, à l'envers, jusqu'à l'endroit où nous avons laissé Archie, sa mère et la petite chienne. Woofiedoo-doodelydoo, pour une fois, ne grogne pas. Elle fait une sieste, lovée en rond sur les genoux de son maître, lui aussi très détendu. En revanche, la grosse dame en rouge trépigne d'impatience. En nous voyant arriver, elle s'exclame :

– Eh bien, ce n'est pas trop tôt ! Encore un peu et nous allions être en retard pour notre rendez-vous médical !

– Désolé, Arch' ! grimace Arthur, on va t'enlever ton plâtre ?

Son copain éclate de rire.

– Oh là là, non, j'en ai encore pour trois semaines ! C'est Woofiedoo-doodelydoo, la pauvre, qui a rendez-vous chez le véto, pour un détartrage dentaire... si elle savait ce qui l'attend, elle ne serait pas si sage... elle a horreur de ça ! La dernière fois, elle a bien failli amputer l'assistante du vétérinaire de son pouce...

À ces mots, Arthur me jette un regard lourd de sous-entendus, mais ne fait aucun commentaire.

Le grand blessé reprend place dans son fauteuil, nous salue, et le trio se hâte vers la sortie. Une fois que nous sommes seuls, Keren prend la parole.

– Je sais où sont les bâtiments administratifs... si on veut avoir une chance de se coucher moins bêtes, on ferait bien d'y aller sans tarder. Je parie que nos amis doivent encore y être, en ce moment même...

Nous la suivons docilement. Mais bien sûr, l'accès aux bureaux est réservé au personnel du parc. La porte principale s'ouvre grâce à un digicode surmonté d'une petite caméra. Nous tentons bien de sonner et d'amadouer la dame de l'accueil, mais elle ne veut rien entendre.

– Raté ! s'exclame Arthur en shootant rageusement dans un gros caillou.

Sa sœur hausse les épaules.

– Un peu de patience ! Moi, je vous dis que si on reste dans le secteur, on finira bien par attraper quelqu'un en train de sortir.

Nous nous installons donc sur un coin d'herbe. Le moment est propice, en attendant, pour mettre en commun tous les éléments dont nous disposons.

Keren commence :

– La première fois que je les ai entendus parler, la femme avait l'air de promettre quelque chose à son mari. Et je vous rappelle que j'avais bien senti dans le ton de sa voix qu'elle était en train de préparer un truc pas très orthodoxe. Je suppose donc que ce qu'elle cherchait à obtenir, dans l'enclos, c'était quelque chose pour Jan.

Je poursuis :

– Au snack, on a tout de suite vu que le vieux dandy avait des soucis de santé. Et moi, j'ai pu vérifier que sa femme était... euh... allez, on va dire : un peu spéciale. J'ai d'abord cru qu'elle participait à un trafic d'ivoire, mais elle semblait surtout fana de spiritisme comme de médecine traditionnelle chinoise et complètement obsédée par la notion de guérison. Donc, on peut partir du principe qu'elle voulait un médicament pour soigner son mari, et qu'elle comptait bien l'obtenir avec l'aide des esprits.

Arthur se mordille l'intérieur de la joue avant de prendre la parole à son tour :

– Ensuite, quand on était avec lui sur le banc, Jan nous a dit qu'il était très amoureux de sa femme, et inquiet pour elle... J'ai bien cru comprendre qu'il la trouvait un peu dérangée...

Keren reprend :

– Tu veux dire qu'il s'est récemment rendu compte qu'elle perdait complètement la raison ! Donc, chacun des deux était inquiet pour l'autre et voulait soit le guérir, soit le protéger... Mais il y a un truc pas logique : elle parlait d'ivoire et quand elle a micmaqué quelque chose avec un soigneur pour aller dans un enclos… ce n'était pas celui des éléphants ? !

Je conclus :

– C'est parce qu'en fait, elle voulait autre chose que de l'ivoire. Elle voulait un truc qui se trouve dans la scène asiatique. Une plante spéciale, peut-être… ou bien, non pas une défense d'éléphant, mais une corne de rhinocéros ?

Toutes les pièces du puzzle se mettent en place : les choses commencent à s'éclaircir… et à cet instant précis, Yannick, le soigneur tatoué, sort du bâtiment ! Sans hésiter, il se dirige vers nous. Nous faisons mine de nous lever, mais il nous fait signe de ne pas bouger : c'est lui qui s'installe sur l'herbe avec nous.

Et bientôt, il a apporté les derniers éléments qui manquaient dans notre raisonnement. Nous restons tous les trois silencieux un moment, le temps de digérer ces informations.

– Il y a quelque chose que je ne comprends pas : pourquoi n'avez-vous pas prévenu le directeur du zoo tout de suite ? finit par demander Keren.

Yannick hausse les épaules.

– Rien ne me garantissait qu'après notre première discussion, cette femme reviendrait vraiment… elle avait quand même l'air un peu allumée… Et je n'avais pas envie de passer moi-même pour un illuminé à peine arrivé ici !

Je réfléchis tout haut.

– Comment se fait-il qu'elle se soit adressée à vous ? Je veux dire, parmi tous les soignants du zoo ? C'est votre tatouage qui l'a influencée ?

Il hésite un peu.

– Même pas. Elle m'a contacté sur ma messagerie professionnelle. À la vérité, elle avait cherché à identifier le plus possible de membres du personnel du parc, puis mené une véritable enquête sur ceux qu'elle pensait intéressants. Elle a vite compris que je venais de me faire embaucher, mais surtout, que j'avais besoin d'argent.

Il hésite un moment avant de terminer :

– … pendant deux ans, quand j'étais plus jeune, j'ai été très joueur. Je me suis laissé entraîner dans un cercle d'amis bien plus fortunés que moi, qui faisaient des parties de poker tous les samedis soirs. C'était devenu comme une espèce de drogue, et j'ai rapidement dû emprunter ici et là... Un jour je me suis retrouvé complètement ruiné, et criblé de dettes. Cette époque est finie depuis un moment, mais j'ai encore maintenant pas mal d'argent à rembourser...

Arthur ouvre des yeux incrédules.

– Et elle a trouvé ce genre d'infos sur Internet ???

Yannick hausse les épaules.

– Vous ne vous imaginez pas tout ce qu'on peut y trouver quand on sait s'y prendre. Elle savait aussi que mes parents ne pouvaient pas m'aider, que pratiquement tous mes amis de l'époque m'avaient laissé tomber... j'en ai de nouveaux, aujourd'hui, mais ils ne connaissent pas mon passé. Je ne m'en vante pas particulièrement...

Nous restons silencieux un long moment.

Je pose, à mon tour, la dernière question qui me brûle les lèvres :

– Je comprends bien qu'elle ait essayé de se servir de vous, mais quand même... vous n'avez pas hésité à enfermer cette femme avec des animaux sauvages ! C'était drôlement dangereux ! Vous n'aviez pas peur qu'il lui arrive malheur ?

Le soigneur tatoué éclate soudain de rire.

– Tu plaisantes ?! Je n'aurais jamais fait une chose pareille... Même pas avec le plus grand des criminels !

– Mais alors...

– Eh bien, j'ai confortablement installé mon invitée dans le grand placard où on range tout le matériel servant à nettoyer l'enclos. Elle y était parfaitement en sécurité !

– Elle a quand même dû avoir une sacrée frousse...

– Ça, probablement. Mais à vrai dire, elle était surtout dans un drôle d'état, comme en transe... Je ne sais pas si elle se rendait vraiment compte de ce qui se passait. La seule chose qui aurait pu l'incommoder, c'est que ce petit local sent terriblement la crotte de rhinocéros, mais bon... elle n'a rien dit à ce sujet. D'ailleurs, elle n'est pas restée très longtemps enfermée : juste le temps que j'aille trouver le chef de la sécurité !

C'est au tour d'Arthur d'intervenir :

– Pourquoi ne pas l'avoir tout simplement appelé ?

Yannick hoche la tête.

– Je vous l'ai dit, je suis nouveau, ici. Je suis encore en période d'essai et je ne connais pas tout le monde. Je n'avais pas encore rencontré le responsable ! Je suis plus à l'aise avec les animaux qu'avec les gens, et surtout, j'ai horreur du téléphone... alors, j'ai préféré me déplacer, pour lui expliquer de vive voix.

Arthur toussote un peu, avant d'oser se lancer :

– Dites, je peux encore vous poser une question ?

– Bien sûr !

– Qu'est-ce qu'il veut dire, votre tatouage ?

Yannick sourit.

– C'est l'idéogramme qui signifie « fais bien ce que tu fais ». C'est ma devise !

À ces mots, j'avale de travers et je me mets à tousser sans réussir à m'arrêter.

– - Euh... ça va ? me demande Yannick, un peu surpris.

Je jette un regard à mon voisami qui lance :

– Eh bien, à la vérité, vous étiez tellement pressé que vous n'aviez pas bien fermé la porte de l'enclos...

Le jeune homme pâlit d'un seul coup et ouvre des yeux ronds.

– Quoi ? Vous êtes sûrs ?

Nous lui racontons alors comment nous avons réparé sa bévue, sans oublier de mentionner le bébé rhinocéros qui avait envie de se dégourdir les pattes. Le soigneur ne dit plus rien. Il semble sous le choc. Nous attendons patiemment qu'il relève la tête. Il nous dévisage alors successivement tous les trois et souffle :

– Bon sang ! Mais c'est terrible !

Keren soupire.

– Vous savez, nous, on ne dira rien du tout : on n'est pas du genre à ébruiter des choses qui ne regardent personne...

J'ajoute :

– .. ce qu'on retiendra, c'est que vous avez été drôlement courageux.

Arthur conclut :

– Et pour la porte, eh bien, personne n'est à l'abri d'une mauvaise manip, hein...

Yannick semble toujours bouleversé, mais il sourit.

– Merci à vous, si vous n'aviez pas été là. cela aurait été... une véritable catastrophe ! Mais je n'ai certainement pas l'intention de cacher mon erreur. Vous méritez tous d'être officiellement félicités pour votre aide !

Nous nous relevons pour dire au revoir au jeune homme.

Tout à coup, nous sommes tous les trois épuisés, comme si nous avions couru un marathon.

Nous nous rendons, silencieusement, sur le parking du zoo et appelons Maman, pour lui demander si elle peut venir nous récupérer.

– Et nos ours polaires ? me demande soudain Arthur, en me regardant par en dessous. Finalement, on n'a aucune photo, pour illustrer notre futur article...

Je n'arrive même pas à lui répondre une phrase cohérente. Les pensées se bousculent dans ma tête.

À cet instant, une voiture arrive. Ce n'est pas la nôtre, mais un véhicule de la police. Suivi de près par une de ces minuscules autos qu'on peut conduire sans permis. Deux agents sortent de la première. Ils se dirigent vers l'entrée du parc. Une petite silhouette grise trottine sur leurs talons : je reconnais Romy Cancanier, la journaliste de *La Dépêche du Midi* qui nous avait interviewés au moment de la disparition de Bianca, la petite lionne blanche.

Quelques instants plus tard, les policiers reviennent, accompagnés de Jan et de son épouse, qu'il tient par l'épaule. Comme la dernière fois que je l'ai vue, la dame a la tête baissée.

Je me précipite vers la journaliste.

– Excusez-moi !

Elle me regarde, surprise, avant de me reconnaître. Alors, je me lance.

– Il faut que je vous dise quelque chose d'important. Vous savez, cette femme voulait juste sauver l'amour de sa vie. Elle était prête à tout pour cela... Ce n'est pas une vraie méchante !

La dame blonde lève la tête et plonge ses yeux bleus dans les miens. Elle murmure :

– Tu as raison, petite.

Nous restons tous immobiles un moment. On entend le vent agiter les feuilles des arbres, ça fait comme un murmure. Je sursaute quand la femme blonde reprend :

– Comment t'appelles-tu ?

– Léonie.

– Léonie... comme le lion ?

– Oui.

– Merci, Léonie.

Et puis, d'un geste lent, elle retire sa bague en ivoire et la pose dans ma main.

– Mais je ne peux pas accepter cela !

Elle me sourit un peu tristement et ajoute :

– Mais si, tu le dois. Quelque chose me dit que ce bijou te plaît vraiment, et que ta grand-mère n'en a pas de semblable...

Je lance un regard vers Jan, qui me fait un signe de tête qui signifie clairement : « Ne discute pas »

Alors, je glisse la bague représentant un lion d'ivoire au pouce de ma main droite.

Elle n'est même pas trop grande.

Au moment où tout le monde s'éloigne, Keren pousse un soupir.

– Eh ben, sacrée après-midi... qui aurait pensé que ma gentille balade nostalgique sur les lieux qui ont enchanté mon enfance se

transformerait en une aussi folle aventure ?
Pourtant je ne regrette pas d'être venue...

Je réponds :

– Moi non plus. Mais quand même, on est bons pour revenir demain si on veut prendre nos photos et tourner la petite vidéo sur les ours polaires... et toi, comme tous ces gens t'ont empêchée d'écouter le chant des rossignols du Japon, tu voudras qu'on t'emmène ?

Keren murmure :

– Et comment...

Quant à Arthur, il ne dit rien.

Il m'attire seulement vers lui pour déposer un petit baiser sur ma tempe.

# Épilogue

**Extrait de *La Dépêche du Midi***

***Animaux : Un grave incident évité de justesse au zoo de Bonconseil-L'Escaladeuse***

Madame Olga Ivanova a été entendue samedi soir par la police dans le cadre d'une enquête relative à une tentative de délit commise au parc zoologique.

Elle est l'épouse de Jan Jacobs, diamantaire belge. Cet ancien gros fumeur souffre d'une insuffisance respiratoire sévère. Si ses jours ne sont pas en danger, son quotidien est de plus en plus difficile. Malgré un suivi médical sérieux et une thérapie médicamenteuse très élaborée, il s'essouffle extrêmement rapidement. Or sa femme croit dur comme fer à l'efficacité de certaines pratiques qui relèvent plus de l'escroquerie que de la médecine. Une vieille voisine chinoise qui a eu beaucoup d'influence sur elle lui avait expliqué dans son enfance que la corne de rhinocéros pilée était une véritable poudre de jouvence, et une panacée capable de venir à bout de tous les maux.

***L'amour qui fait perdre la tête ?***

Pendant six mois, sous le prétexte d'écrire un guide touristique, elle a écumé tous les parcs zoologiques de France, en repérage. Persuadée que l'effet de la poudre serait maximal si elle était administrée toute fraîche, elle avait conçu le projet fou d'aller râper elle-même la corne d'une bête vivante... Elle est venue une première fois à Bonconseil-L'Escaladeuse, seule, il y a deux semaines. Elle avait contacté un peu plus tôt un jeune soigneur – qui préfère garder l'anonymat – et lui avait proposé de lui offrir une forte somme d'argent s'il acceptait de l'aider à obtenir ce qu'elle voulait quand elle reviendrait avec son mari. Elle lui a confié que ce parc était son dernier espoir. Si elle ne réussissait pas à arriver à ses fins, elle payerait un professionnel afin qu'il aille sacrifier une bête pour elle. Le jeune homme a pris cette éventualité très au sérieux. Il savait qu'il y a quelques années, en 2017, un rhinocéros âgé de cinq ans a été tué à Thoiry, dans les Yvelines. La bête a été abattue de trois balles dans la tête, et sa corne, découpée à la tronçonneuse...

***Les rhinos ont eu chaud !***

Le courageux soigneur a donc fait mine d'accepter, mais il a tendu un piège à sa « cliente ». Il a pris rendez-vous, accepté l'enveloppe pleine

de gros billets qu'elle lui offrait, puis l'a menée dans l'enclos des rhinocéros, où il l'a enfermée, à l'abri des animaux sauvages, le temps de prévenir ses supérieurs de l'affaire en cours. Bien sûr, l'argent a été rendu au couple Jacobs-Ivanova.
L'instruction suit son cours.

Romy Cancanier

# Les rhinocéros indiens

# Les rhinocéros indiens

Le rhinocéros est l'un des plus gros herbivores du monde. Cinq espèces, toutes menacées, sont réparties sur les continents africain et asiatique. Le rhinocéros indien est la plus grande des trois espèces asiatiques.

## Bain de boue

L'épaisse peau du rhinocéros forme des replis qui lui donne un air cuirassé. Mais malgré les apparences, sa peau est très fragile. Le rhinocéros va ainsi passer de longues heures à patauger dans l'eau afin de se recouvrir de boue. Ce comportement lui permet de se protéger du soleil, de réguler sa température et de chasser les parasites externes ! Le rhinocéros est aussi un bon nageur, bien adapté aux milieux marécageux.

### Le saviez-vous ?

**Les pique-bœufs, des oiseaux, se posent sur le dos du rhinocéros pour manger les parasites qu'ils y trouvent. En voilà une utile compagnie !**

## Bébé rhino deviendra grand

Les chaleurs des femelles peuvent avoir lieu à n'importe quel moment de l'année. La gestation est ensuite très longue : après plus de 15 mois dans le ventre de sa mère, le bébé rhinocéros vient au monde. Il pèse alors 40 kilos ! Pendant 2 ans, il tétera sa mère. Le petit rhino rejoindra un groupe de jeunes quand sa mère aura un autre petit.

### Incroyable !

**Le rhinocéros indien arbore une unique corne composée de kératine pouvant mesurer de 20 à 60 centimètres de long pour un poids de 3 kilos!**

## Quel appétit !

Plutôt solitaire, le rhinocéros indien vit dans les vallées humides et les marais ouverts avec une faible densité forestière. Mais pour éviter les zones peuplées par les hommes, il peut vivre dans la forêt. Herbivore, il se nourrit d'herbe, de feuilles, de branches, de fruits et de plantes aquatiques. Il peut ainsi engloutir plusieurs kilos d'herbe avant d'être rassasié. Et il adore le riz, au grand dam des paysans locaux.

Le rhinocéros a une bouche très particulière : sa lèvre supérieure est pointue et lui permet de «cueillir» les branches et les feuilles qui constituent son alimentation. On dit que le rhinocéros à une lèvre supérieure préhensile.

## Une espèce en danger

Le rhinocéros indien est victime d'un commerce illégal qui, s'il a diminué, est encore meurtrier. Il est pourchassé par les braconniers pour sa corne. Il resterait à l'heure actuelle un peu moins de trois mille individus dans la nature.

Par ailleurs, l'espèce est aussi victime de la destruction de son habitat dans certaines zones de l'Asie, toutefois la situation tend à s'améliorer : 752 animaux ont été identifiés au Népal en 2021 contre 645 en 2015. La population de rhinocéros au Népal a donc augmenté de plus de 100 individus au cours des six dernières années.

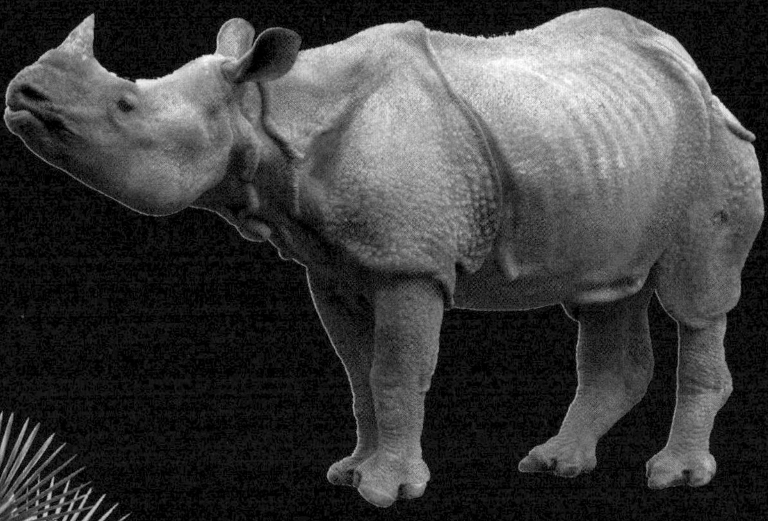

# Jeux

# Jeux d'experts

Connais-tu vraiment les animaux ? Amuse-toi à répondre aux questions suivantes.

**1.** L'ours polaire est considéré comme un animal...
A. inoffensif
B. marin
C. presqu'exclusivement végétarien

**2.** La corne d'un rhinocéros est en...
A. os
B. ivoire
C. kératine

**3.** Lorsqu'il a peur, le diable de Tasmanie...
A. crache du feu
B. dégage une très forte odeur
C. cache sa tête dans le sable

# Jeux d'experts

Connais-tu vraiment les animaux ? Amuse-toi à répondre aux questions suivantes.

**1.** La peau et les coussinets de l'ours polaires sont :

A. roses

B. noirs

C. roses, noirs ou bruns, cela dépend des individus.

**2.** Chez les rhinocéros indiens, à l'âge adulte :

A. les mâles sont plus grands que les femelles.

B. les femelles sont plus grandes que les mâles.

C. Il n'y a pas de différence de taille entre mâle et femelle.

**3.** Le rhinocéros indien est un animal :

A. plutôt solitaire.

B. qui vit en troupeaux.

C. Qui vit en famille.

# Jeux d'experts

Relie chaque partie de phrase à sa fin.

| | |
|---|---|
| Les lophophores resplendissants sont des oiseaux... | ... rongeurs frugivores (ils mangent des fruits). |
| Les saki à face blanche sont des singes... | ... multicolores, aux ailes d'un beau bleu métallique. |
| Les dendro cygnes veufs... | ... qui semblent porter un masque très clair. |
| Les agoutis d'Azara sont des... | ... ne ressemblent pas du tout à nos cygnes blancs. |

# Jeux malin

Arthur ne se souvient plus très bien des expressions favorites de Léonie… Aide-le à les compléter.

1. Quand on est obstiné, on fait sa tête de ….. .

2. Quand on est à l'aise, on est comme un ….. dans l'eau.

3. Quand on se doute de quelque chose, on a la …. à l'oreille.
4. Quand on est célèbre, on est connu comme le …. blanc

# Jeux d'experts

Retrouve dans le quadrillage tous les noms d'animaux indiqués ci-dessous. Ils peuvent se lire de gauche à droite, de droite à gauche, de haut en bas, de bas en haut et en diagonale !

ARA, BIQUE, COQ, CHACAL, ELAN, MOUCHE, OCELOT, ORVET, PAON, POU, PUMA, TOUCAN, WAPITI

| | | | | | | |
|---|---|---|---|---|---|---|
| Z | U | T | E | V | R | O |
| P | U | M | A | R | A | C |
| B | M | O | U | C | H | E |
| I | T | I | P | A | W | L |
| Q | O | C | C | O | C | O |
| U | N | A | C | U | O | T |
| E | L | A | N | O | A | P |

# Énigmes et devinettes

Énigme :

Dans un enclos il y a :
2 soigneurs, 12 pélicans,
3 perroquets, 1 âne nain,
2 antilopes et 1 girafe.
Combien cela fait-il
de pattes en tout ?

Devinette 1 :

Je suis en tête chez l'ours,
en queue chez le gecko.
et au centre chez le boa.
Que suis-je ?

Devinette 2 :

Pourquoi les petites filles
qui s'appellent Odile ont
peur d'aller au zoo ?

# Sudoku

Complète cette grille, sachant que tu dois écrire sur chaque ligne, chaque colonne et dans chaque carré de 9 cases, tous les chiffres de 1 à 9.
Complète la phrase avec le chiffre que tu as écrit dans la case colorée.

| | | | | | | | | |
|---|---|---|---|---|---|---|---|---|
| | 1 | 9 | 7 | | 8 | 2 | 4 | |
| | 4 | | 6 | 1 | | | | 7 |
| 7 | | 2 | | 5 | 9 | 6 | | |
| | 5 | | 2 | 9 | | 4 | 1 | |
| 1 | | 7 | | 4 | 6 | | 5 | |
| | 2 | 6 | | 8 | | 7 | | |
| | 3 | 5 | | 7 | | | 6 | 9 |
| 9 | | 4 | 1 | | 5 | 3 | | 8 |
| | 6 | 1 | | 2 | | | 7 | 4 |

Le rhinocéros indien possède une seule corne pouvant peser jusqu'à ...... kg.

# Solutions

# Solutions

## PAGE 148

**1.** Réponse B **2.** Réponse C **3.** Réponse B

## PAGE 149

**1.** Réponse B **2.** Réponse A **3.** Réponse A

## PAGE 150

Les lophophores resplendissants sont des oiseaux...

Les saki à face blanche sont des singes...

Les dendro cygnes veufs...

Les agoutis d'Azara sont des...

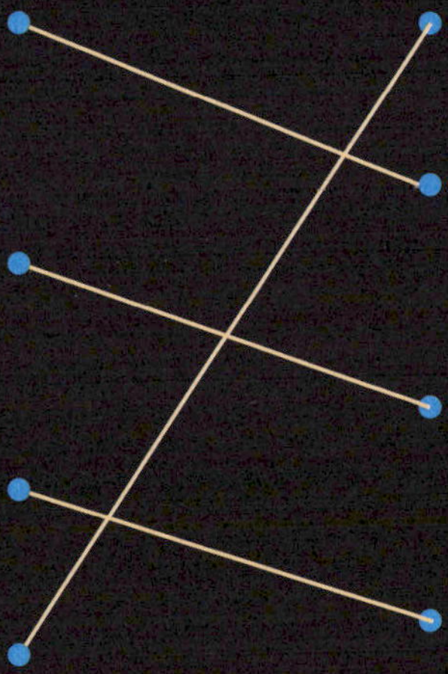

... rongeurs frugivores (ils mangent des fruits).

... multicolores, aux ailes d'un beau bleu métallique.

... qui semblent porter un masque très clair.

... ne ressemblent pas du tout à nos cygnes blancs.

# Solutions

## PAGE 151

1. Quand on est obstiné, on fait sa tête de mule.
2. Quand on est à l'aise, on est comme un poisson dans l'eau.
3. Quand on se doute de quelque chose, on a la puce à l'oreille.
4. Quand on est célèbre, on est connu comme le loup blanc.

## PAGE 152

| | | | | | | |
|---|---|---|---|---|---|---|
| Z | U | T | E | V | R | O |
| P | U | M | A | R | A | C |
| B | M | O | U | C | H | E |
| I | T | I | P | A | W | L |
| Q | O | C | C | O | C | O |
| U | N | A | C | U | O | T |
| E | L | A | N | O | A | P |

# Solutions

## PAGE 153

Énigme :
Il y a 46 pattes. Les soigneurs ne comptent pas, ils ont des jambes, pas des pattes.
Devinette 1 :
La lettre O.
Devinette 2 :
Parce qu'elles ont peur des crocodiles (croque Odile).

## PAGE 154

| | | | | | | | | |
|---|---|---|---|---|---|---|---|---|
| 6 | 1 | 9 | 7 | 3 | 8 | 2 | 4 | 5 |
| 5 | 4 | 3 | 6 | 1 | 2 | 9 | 8 | 7 |
| 7 | 8 | 2 | 4 | 5 | 9 | 6 | 3 | 1 |
| 3 | 5 | 8 | 2 | 9 | 7 | 4 | 1 | 6 |
| 1 | 9 | 7 | 3 | 4 | 6 | 8 | 5 | 2 |
| 4 | 2 | 6 | 5 | 8 | 1 | 7 | 9 | 3 |
| 2 | 3 | 5 | 8 | 7 | 4 | 1 | 6 | 9 |
| 9 | 7 | 4 | 1 | 6 | 5 | 3 | 2 | 8 |
| 8 | 6 | 1 | 9 | 2 | 3 | 5 | 7 | 4 |